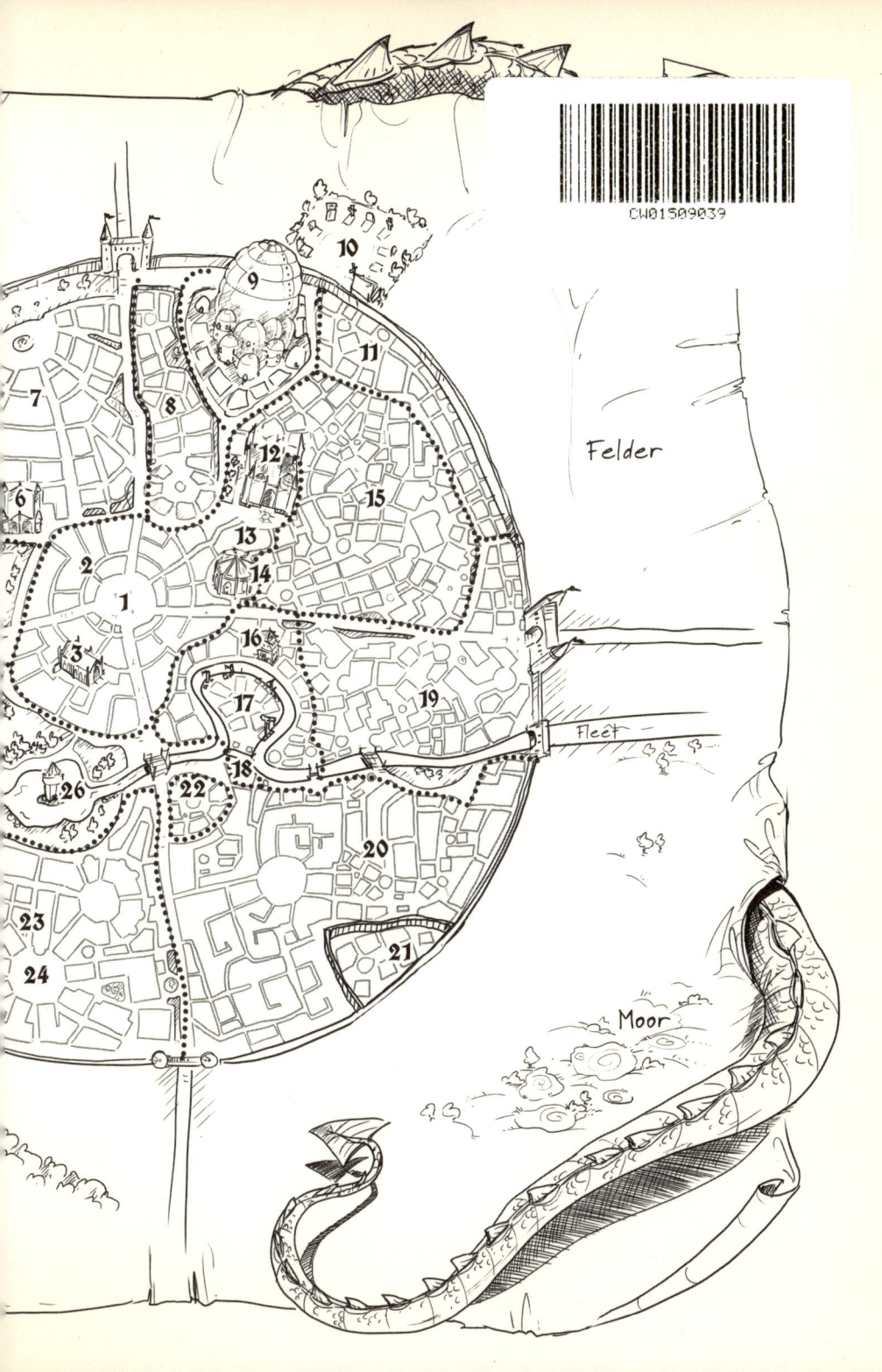

Felder

Fleet

Moor

Bernd Perplies & Christian Humberg

DRACHENGASSE 13

Das Geheimnis der Xix

Schneider
Buch

EGMONT

© 2012 SchneiderBuch
verlegt durch EGMONT Verlagsgesellschaften mbH,
Gertrudenstraße 30–36, 50667 Köln
Alle Rechte vorbehalten
Titelbild und Innenillustrationen: Michael Bayer
Vor- und Nachsatz: Daniel Ernle
Umschlaggestaltung: Max Meinzold
Satz: Greiner & Reichel, Köln
Druck/Bindung: GGP Media GmbH, Pößneck
ISBN 978-3-505-12953-7

12 13 / 8 7 6 5 4 3 2 1

Inhalt

TOMRIN

Tomrin von Wiesenstein
ist zwölf und der Sohn
des Hauptmanns der
Stadtgarde. Er ist stark,
mutig und immer bereit,
Freunden in Not zu helfen.
Manchmal neigt er aber
dazu, loszustürmen, ohne
vorher nachzudenken.

HANISSA

Hanissa (Nissa) ist zwölf und
wohnt mit ihrer Mutter, einer
Köchin, in der Magischen
Universität. Dort lernt Hanissa
heimlich zaubern, obwohl das
eigentlich nur Jungs dürfen.
Ihre Freunde Sando und
Tomrin staunen immer wieder,
was sie schon alles kann.

Sando ist dreizehn und
lebt im Hafenviertel. Seit
dem Tod seiner Eltern
sorgt der Zwerg Gump
für ihn, dem die Schenke
GUMPS BRANDUNG gehört.
Sando ist auf der Straße
zu Hause und kennt sich
dort aus wie kein Zweiter.

SANDO

FLECK

Fleck ist ein junger
Flugdrache mit
verkrüppelten Flügeln. Er
frisst alles und hat vier
linke Füße. Wenn er Angst
bekommt, verwandelt er
sich in ein Ungeheuer!
Tomrin, Sando und
Hanissa kümmern sich
um ihn.

Für Tim Norman Braune.
Willkommen in Bondingor, Lieblingsneffe!

Kapitel 1

Die Königin ist tot ...

„Heilige Drachenkacke!", entfuhr es Tomrin. „Der Bau ist ja riesig!"

Bruder Barthian, der Priester der Stadtgarde, der zugleich Tomrins Lehrer war, gab ihm einen leichten Klaps auf den Hinterkopf. „Pass auf deine Zunge auf, mein Junge", tadelte er. „Es gehört sich nicht, zu fluchen. Das weißt du ganz genau."

Tomrin warf dem Priester einen kurzen, entschuldigenden Blick zu, bevor er wieder das Bauwerk betrachtete. „Aber es ist doch wahr", verteidigte er sich.

Staunend legte er den Kopf in den Nacken und ließ seinen Blick über den rotbraunen Berg schweifen, der vor ihnen aufragte. Das Heim der insektenartigen Xix, das im Norden von Bondingor lag, erinnerte an ein Ei oder vielleicht noch mehr an einen Bienenstock, wenn auch einen von gigantischen Ausmaßen.

„Sag bloß, du warst noch nie hier", warf Hanissa ein, die Dritte im Bunde.

Tomrin schüttelte den Kopf. „Ich habe den Bau bisher nur von der Festungsmauer der Stadtgarde aus gesehen. Und selbst aus der Ferne wirkte er schon groß."

Seine rothaarige Begleiterin grinste. „Dann warte mal ab, bis du ins Innere kommst."

Gemeinsam gingen sie zwischen den kleineren Gebäuden, die den rotbraunen Berg umringten wie Drachenjunge ihre Mutter, auf den Haupteingang des Baus zu. Sie waren nicht allein. Ein paar Schritte vor ihnen marschierte eine Gruppe prächtig herausgeputzter Zwerge. Noch weiter vorn konnte Tomrin seinen Vater, Ritter Ronan von Wiesenstein, den Hauptmann der Stadtgarde, sehen. Er begleitete Baron Berun, den Fürsten Bondingors. Und davor gingen einige wohlhabende Kaufleute aus dem Händlerviertel. Sie alle waren am heutigen Tag Gäste der Xix.

Als sie in den Schatten des Eingangs traten, kam es Tomrin so vor, als dringe er in eine Höhle ein. Doch das prunkvoll verzierte Eisentor erinnerte ihn daran, dass die Xix keineswegs einfache Höhlenbewohner waren. Sie waren ein hoch entwickeltes Insektenvolk von Gelehrten und Heilern. Es hieß, es gebe keine Krankheit, die sie nicht zu kurieren vermochten. Und ihre Königin hatte sogar den Tod besiegt. Sie war im Grunde unsterblich.

Den Zeitpunkt, an dem sie diese Welt verlassen wollte, bestimmte sie selbst – und heute war dieser Zeitpunkt gekommen.

Aus diesem Grund waren Tomrin und Hanissa gemeinsam mit Bruder Barthian hierhergekommen. Sie und viele Würdenträger der Stadt würden an diesem Morgen einer feierlichen Zeremonie beiwohnen: Die alte Königin der Xix dankte ab und starb, und eine neue Königin wurde gekrönt. Dieses Ereignis hatte sich in den sechzig Jahren, in denen die Xix nun schon in Bondingor lebten, erst einmal zugetragen. Es galt als große Ehre, als Nicht-Xix an der Zeremonie teilhaben zu dürfen.

Umso weniger konnte Tomrin verstehen, warum Sando keine Lust gehabt hatte, sie zu begleiten. „Eine Hofzeremonie? Wie langweilig!", hatte der Straßenjunge mit der mehrfach geflickten Hose gebrummt, nachdem Tomrin am Tag zuvor in ihrem Geheimversteck in der Drachengasse 13 Hanissa und Sando eingeladen hatte, ihn und Bruder Barthian zu den Feierlichkeiten zu begleiten.

„Nicht irgendeine Hofzeremonie!", hatte Tomrin ausgerufen. „Eine Krönungszeremonie der Xix!"

„Bei der man stundenlang herumsitzt und alten Männern und Insekten beim Redenschwingen zuhören muss?" Sando hatte den Kopf geschüttelt. „Nein, danke. Ich bleibe lieber hier und spiele mit Fleck. Das macht sicher mehr Spaß."

Er hatte sich nicht umstimmen lassen. Tomrin fand es ein bisschen schade, dass Sando diesen spannenden

Morgen verpasste. Aber das musste jeder selbst entscheiden.

Sie erreichten das Portal und wurden von den Torwachen begrüßt. Die menschengroßen Insekten, die an eine Mischung aus Ameise und Fangschrecke erinnerten, hatten braune Körperpanzer. Diese waren auf Hochglanz poliert und rochen nach frischem Xix-Öl. Auf den dreieckigen Köpfen trugen die Xix rote Kappen, und in den kräftigen Armen mit den Doppelgelenken und den vierfingrigen Händen hielten sie lange Zeremonienspeere. Während einige von ihnen in Habachtstellung links und rechts des Eingangs aufgereiht standen, trippelten andere auf vier dünnen Beinen von Besucher zu Besucher und ließen sich die Einladungskarten zeigen.

„Vielen Dank", sagte der Wachmann klickend, nachdem er das von Bruder Barthian hochgehaltene Schreiben mit seinen zwei großen Facettenaugen begutachtet hatte. Er blickte auf Tomrin und Hanissa hinab und enthüllte spitze Zähne, als sich sein kleiner, mit kräftigen Mandibeln bewehrter Mund an der unteren Spitze des Kopfes zu der Nachahmung eines menschlichen Lächelns verzog.

Tomrin schauderte unwillkürlich.

„Ganz schön gruselig, nicht wahr?", raunte Hanissa ihm zu. Sie waren ins Innere des Baus getreten und gingen hinter der Zwergendelegation einen hohen Torweg entlang.

Der Junge nickte. „Ich gebe mir ja Mühe, mich daran zu erinnern, dass sie unsere Freunde sind. Aber irgendwie wirken sie doch unheimlich."

12

„So ein Unsinn", warf Bruder Barthian schmunzelnd ein. Der kräftige Priester mit dem schütteren weißen Haar schüttelte den Kopf. „Die Xix sind die friedfertigsten Bewohner von ganz Bondingor. Krieg und Gewalt sind ihnen fremd, ebenso Gefühle wie Neid, Zorn oder Feindseligkeit. Sie sind ein Volk, das im Frieden mit sich selbst lebt, und ihre ruhige Mitte ist die Königin. Na? Wer von euch beiden weiß, warum?"

Tomrin verzog heimlich das Gesicht. Er hatte befürchtet, dass Bruder Barthian den Ausflug zum Anlass nehmen würde, um Wissen über die Xix abzufragen.

„Ihre Königliche Aura strahlt Ruhe und Frieden aus, und da alle Xix gedanklich miteinander verbunden sind, können sie das alle spüren", erwiderte Hanissa.

„Sehr gut, junge Dame", lobte Barthian sie. „Ganz richtig."

Das hätte ich auch gewusst, dachte Tomrin ein wenig missmutig. Im nächsten Augenblick jedoch vergaß er seinen Ärger und riss die Augen auf.

Sie hatten das Ende des Torwegs erreicht und betraten die große Hauptkammer des Baus. Der kreisrunde Raum hatte einen Durchmesser von sicher sechzig Schritt und erstreckte sich schachtartig vom Boden bis zur schwindelerregend hoch über ihnen liegenden Decke. Überall entlang der gewölbten Wände gab es Fenster und Balkone, aus denen neugierige Xix herunterblickten. Schlanke Brücken, ebenfalls von Xix belagert, spannten sich von Wand zu Wand. Und ganz oben fiel Sonnenlicht durch die Decke des Baus, die löchrig war wie ein Zwergenkäse. Es zauberte helle Lichtflecke ans obere Ende der schachtartigen Kammer. Tausende von schimmernden Feenfeuerlaternen, die in Nischen standen und von Galerien hingen, nahmen dieses Muster in den tieferen Stockwerken auf und führten es bis zum Boden weiter.

„Heilige Drachen…", entfuhr es Tomrin erneut. Diesmal gelang es ihm allerdings, den unfeinen Teil des Wortes zu verschlucken. Das war auch besser so, denn direkt um sie herum drängten sich Hunderte von Xix, und auch gut vier Dutzend angesehene Angehörige anderer Völker Bondingors waren anwesend. Diese Krönungszeremonie war ein ganz besonderes Ereignis, und jeder, der Rang und Namen hatte – und an keiner ausgeprägten Insektenangst litt –, hatte sich eingefunden.

„Kommt, kommt, meine Lieben. Nicht am Eingang stehen bleiben. Lasst uns zu unseren Plätzen gehen." Mit sanftem Nachdruck schob Bruder Barthian Tomrin und Hanissa vor sich her durch die Gassen, die von den Xix offen gelassen worden waren.

Am hinteren Ende der Hauptkammer gab es eine drei Schritt hohe Stufe im Boden, eine natürliche Tribüne, die mit fließenden Bahnen aus schimmerndem Seidenstoff und prächtigen bronzefarbenen Feuerschalen geschmückt worden war. Dort würde zweifellos die Zeremonie stattfinden. Unmittelbar davor befand sich ein mit Seilen abgesperrter Bereich, in dem bequeme Sitzgelegenheiten aufgestellt waren. Auf diesen ließen sich soeben die Gäste aus den anderen Vierteln Bondingors nieder. Neben den Zwergen, den Kaufleuten und Baron Berun mit seinem Gefolge erblickte Tomrin edel gekleidete Elfenabgesandte, würdevolle Zauberer aus der Magischen Universität und sogar einen massigen Minotauren, der kleine Zierringe auf seinen zwei mächtigen Hörnern trug. Sie alle nahmen in den vorderen Reihen Platz, während ihr Gefolge mit den hinteren vorliebnehmen musste. Tomrin, Hanissa und Bruder Barthian hatten Stühle in der letzten Reihe zugewiesen bekommen. Dahinter erstreckte sich ein Meer aus Xix.

Nachdem sie sich gesetzt hatten, geschah eine kurze Weile lang nichts, dann war plötzlich ein helles, vielstimmiges Pfeifen zu hören. Es musste bei den Xix wohl einer Trompetenfanfare entsprechen, denn gleich darauf betrat eine Reihe von Xix-Würdenträgern die Tribüne. Wie viele der anderen Anwesenden waren sie in lange, luftige Gewänder gekleidet, die vom Oberkörper herabfielen. Die weiblichen Xix hatten zudem ihre ausladenden Hinterleiber mit feinem Bronzegeschmeide geschmückt. Sie nahmen auf beiden Seiten der Tribüne Aufstellung.

Dann wurde die Königin hereingetragen. Wunderschön gesponnene Tücher bedeckten ihren glänzenden Insektenkörper, und Edelsteine funkelten an dem haubenartigen Netz, das sie auf dem dreieckigen Kopf trug. Ihr Körper wirkte in Tomrins Augen keinen Tag älter oder jünger als die der anderen Xix. Aber auf ihrem Gesicht lag ein Ausdruck heiterer Gelassenheit, der den Jungen an eine weise alte Frau erinnerte.

15

„Schau nur, wie prächtig sie aussieht", flüsterte Hanissa neben ihm ehrfürchtig.

Tomrin nickte. Die Xix waren Insekten, und viele dumme Leute in Bondingor verglichen sie mit dem Ungeziefer, das auf Müllhaufen herumkrabbelte oder um Latrinen schwirrte. Dennoch wäre sicher auch nicht der Dümmste auf den Gedanken gekommen, die Königin der Xix für weniger wert zu halten als Baron Berun oder die Mitglieder des Steinrats der Zwerge. In ihrer Fremdheit erschien sie Tomrin sogar noch würdevoller als jene. Irgendwie strahlte sie Macht, Weisheit und Frieden aus.

„Spürst du das auch?", fragte Hanissa ihn leise.

„Ich glaube schon", erwiderte er. „Die Königliche Aura. Ich hätte nicht gedacht, dass sogar Nicht-Xix sie bemerken."

„Und jetzt denk dir nur, wie viel stärker sie die Xix selbst berührt!"

Tatsächlich schien die Anwesenheit der Königin eine auffällige Wirkung auf die Xix zu haben. Von einem Augenblick zum nächsten senkte sich andächtige Stille über den ganzen Raum. Zweitausend Xix verstummten wie ein Mann und blickten erwartungsvoll in Richtung Tribüne.

Einer der Würdenträger, ein Xix mit dunkelbraunem Körper und blau glänzender Robe, stakste nach vorn. Er hob den Kopf und begann, in lauten, klaren Klick- und Zirplauten zu sprechen, die auf wundersame Weise bis in den letzten Winkel der Hauptkammer getragen wurden.

Tomrin verstand kein Wort. „Was sagt er?", fragte er Bruder Barthian leise.

Der Priester beugte sich zu ihm herüber. „Das ist Qwrll'Xikik, der Zeremonienmeister. Er heißt alle Gäste willkommen und stimmt sie auf diesen bedeutenden Moment ein." Er senkte die Stimme noch ein wenig und schaute auch Hanissa an. „Ihr müsst wissen, dass der Königinnenwechsel für die Xix eine ganz besondere Zeremonie ist. Wie Hanissa schon richtig gesagt hat, ist die Königin die ruhende Mitte ihres ganzen Volkes, weil sie die Königliche Aura in sich trägt. Diese Aura ist beinahe etwas Magisches. Am besten kann man sie sich vielleicht als Seele vorstellen, die aber nicht nur einer Person gehört, sondern von allen Xix geteilt wird. Es ist eine gewaltige Seele, die einzig eine Xix tragen kann, die ihr Leben lang darauf vorbereitet wurde."

Qwrll'Xikik endete, und ohrenbetäubendes Klacken setzte ein, das die Xix mit ihren Mandibeln erzeugten und das einem menschlichen Applaus gleichkam. Ein anderer Xix nahm seinen Platz ein und fing an zu reden.

„Das ist der Oberste Heiler der Xix", erklärte Bruder Barthian mit einem Kopfnicken. „Er ermahnt die Xix, nie zu vergessen, was sie waren, um immer das zu bleiben, was sie sind."

„Was bedeutet das?", wollte Hanissa wissen.

Der Priester zuckte mit den Schultern. „Ich gestehe, das weiß ich auch nicht. Über die Herkunft der Xix ist kaum etwas bekannt. Sie kamen, wie ihr ja wisst, vor sechzig

17

Jahren nach Bondingor und baten, sich hier ansiedeln zu dürfen. Da ihre Heilkunst unübertroffen ist, erlaubte Baron Beruns Großvater es ihnen gern. Seitdem leben wir als friedvolle Nachbarn Seite an Seite. Aber kaum jemand hat sich die Mühe gemacht, sie wirklich kennenzulernen."

„Was ist mit Euch?", hakte Hanissa nach. „Ihr scheint doch einiges über die Xix zu wissen."

„Ich habe versucht, in meiner Freizeit mehr über sie zu erfahren", gestand Bruder Barthian. „Ich interessiere mich sehr für fremde Kulturen. Leider habe ich als Priester der Stadtgarde wenig Zeit für solche Studien."

Nach dem Obersten Heiler trat ein dritter Xix vor, dann ein vierter. Anschließend erhob sich Baron Berun von Bondingor, um die Königin zu preisen und die guten Beziehungen zwischen den Menschen und den Xix zu betonen. Ein Zwergenältester und ein Elfengesandter taten es ihm gleich.

Tomrin begann, unruhig auf seinem Platz herumzurutschen. Gestern hatte ihn der Gedanke, an dieser Krönungszeremonie teilnehmen zu dürfen, noch begeistert. Aber langsam fragte er sich, ob Sando nicht doch recht damit gehabt hatte, in der Drachengasse zu bleiben. Wahrscheinlich alberte er just in diesem Augenblick mit Fleck herum oder durchstöberte den geheimnisvollen Keller des leer stehenden Hauses. Tomrin merkte, dass er ein wenig neidisch wurde.

Er schrak aus seinen Gedanken, als Hanissa ihn am Arm packte. „Tomrin, schau, es passiert etwas!", raunte sie.

Sofort richtete der Junge seine Aufmerksamkeit wieder auf die Tribüne. Dort war nun die Königin selbst aufgestanden. Mit getragenen Klick-Lauten sprach sie zu ihrem Volk.

„Sie bedankt sich für die vielen Jahre, die sie den Xix dienen durfte", übersetzte Barthian. „Doch ihrer Ansicht nach hat ihre Regentschaft nun lange genug gewährt. Es sei Zeit für eine neue, junge Königin, die den Xix mit frischen Ansichten vorangeht. Sie bittet das Volk, die Larve der neuen Königin mit genauso offenen Armen aufzunehmen, wie sie einst aufgenommen wurde."

„Wie lange regiert sie eigentlich schon?", wollte Tomrin wissen.

„Seit fast fünfzig Jahren, ihr ganzes Leben lang", antwortete der Priester.

„Dann ist sie ja noch gar nicht so alt."

Der Priester wiegte den Kopf hin und her. „Nach den Lebensspannen der Xix schon. Die Xix werden nicht so alt wie wir, Tomrin. Ein Xix in deinem Alter würde schon mitten im Leben stehen, mit zwanzig gelten sie als alt."

Jetzt, wo Bruder Barthian es sagte, erinnerte sich Tomrin wieder daran, dass er etwas in der Art schon mal gelesen hatte. Er fand die Vorstellung seltsam, nur so wenig Zeit zum Leben zu haben. Andererseits dachten die Zwerge, die leicht zweihundert Jahre alt wurden, vermutlich das Gleiche über die Menschen.

Unterdessen sprach die Königin weiter. „Jetzt dankt sie

noch ihren langjährigen Getreuen und Beratern", verriet Barthian.

„Und außerdem möchte ich Baron Berun von Bondingor meinen Dank aussprechen", sagte die Königin unvermittelt in der Sprache der Menschen. Ihre Mandibeln klickten auch bei diesen Worten und verliehen ihnen einen seltsamen Klang. „Ihr wart sehr freundlich zu meinem Volk, Baron. Und Ihr wart ein verständigerer Mann als viele, die ich im Laufe meines Lebens kennengelernt habe. Die neue Königin kann sich glücklich schätzen, dass Ihr Bondingor regiert. Möge die Freundschaft zwischen unseren Völkern niemals enden."

Erneut brandete Applaus auf, und der beleibte Menschenfürst neigte huldvoll das Haupt.

„Und nun gehabt Euch wohl, ihr alle. Ich, Grll'X'a die Dritte, lege mich aus eigenem Willen zur Ruhe, wie es die Art der Königinnen der Xix ist. Ich gebe die Königliche Aura an Zrkida die Erste weiter. Möge sie lange und weise über Euch herrschen."

Mit diesen Worten begab sich die Königin zu ihrer Sänfte zurück, auf der sie hereingetragen worden war. Der Oberste Heiler trat an ihre Seite und hielt ihr einen rotbraunen Pokal hin, der aus dem gleichen Material wie die Panzer der Xix zu bestehen schien. Grll'X'a hob ihn an den kleinen Mund und schien tief auszuatmen. Ein golden glitzernder Nebel wehte aus ihr heraus und ergoss sich in das Gefäß. Mit ernster Miene gab sie dem Heiler den Pokal zurück, und dieser trug ihn zu einem nahen Altar.

Grll'X'a ließ einen letzten, langen Blick über ihr Volk schweifen. Dann schlossen sich ihre ledrigen Lider über den Facettenaugen, ihr Kopf sank zurück auf die Kissen, und sie war tot.

Tomrin schluckte. Ein unglaubliches Gefühl der Beklemmung überkam ihn. Er hatte gewusst, dass Grll'X'a aus dem Leben scheiden würde. Da die Königinnen der Xix weder krank noch gebrechlich wurden und auch kein Xix jemals absichtlich einem anderen Leid zufügte, konnten die Königinnen ihr Leben tatsächlich nur aus eigenem Willen beenden. Doch auch dieser freiwillig gewählte Tod ging Tomrin nahe. Er blickte zu Hanissa hinüber, der es ähnlich zu gehen schien. Eine einzelne Träne rann über die Wange des Mädchens.

Oben auf der Tribüne senkten die Würdenträger die dreieckigen Köpfe und falteten wie zum Gebet die langen Arme.

„Was geschieht jetzt?", fragte Tomrin Bruder Barthian leise.

„Es folgt die Zeit der Trauer", raunte der Priester. „Genau eine halbe Stunde lang bleiben die Xix ohne Königin. In dieser Zeit sind sie ohne die Königliche Aura, die sie alle verbindet. Sie spüren Einsamkeit und Kummer." Barthian runzelte die Stirn. „Möglicherweise meinte das der Oberste Heiler, als er sagte, die Xix sollten daran denken, was einmal war. Vielleicht waren sie früher einzelne Wesen, ohne die Königliche Aura, die sie alle verbindet. Und daran erinnern sie sich jetzt. Also sollten auch wir schweigen und im Stillen der alten Königin gedenken."

Tomrin seufzte innerlich. Schon wieder eine halbe Stunde still sitzen … Aber er hatte es ja so gewollt. Wortlos schaute er auf seine Füße hinunter. Dann schielte er zu Hanissa, die in stiller Andacht versunken schien. Anschließend nahm er die übrigen Würdenträger vor sich in Augenschein. Er begann sich gerade zu fragen, wie lange eine halbe Stunde wohl bei den Xix dauern mochte, als der Oberste Heiler vortrat und einigen Wächtern am Rand der Tribüne zunickte.

„Jetzt holen sie Zrkida", erklärte Bruder Barthian.

Sogleich setzte Tomrin sich wieder aufrecht hin und blickte mit neu erwachtem Interesse auf die Tribüne. Damit schien er nicht allein zu sein. Überall in der Hauptkammer wurden Hälse gereckt, scharrten Xix mit den Füßen, und Mandibeln klickten leise wie im Flüsterton.

Ein schrilles Kreischen zerriss die erwartungsvolle Atmosphäre! Im nächsten Moment stürzte einer der Wächter auf die Tribüne und begann wie verrückt mit den Armen zu wedeln. Seine Kauwerkzeuge klackten wild.

Sofort setzte merkliche Unruhe ein.

„Was?", rief einer der Xix in Menschensprache aus. Es war ein kräftiger Insektenmann mit bronzefarbenem Metallbrustharnisch und einem eigentümlich breiten Helm auf dem Schädel. „Das ist unerhört! Ein Verrat sondergleichen!" Er verfiel in die Mundart der Xix und gab laut klackende Befehle.

Weiter vorn sah Tomrin seinen Vater aufstehen. „General Qalrx, was geht hier vor?"

Der Xix wandte sich zu Ritter Ronan um. „Die Königinlarve wurde aus ihrem Gemach entführt! Ihre Wächter sind alle tot, bis auf einen. Dieser ist schwer verletzt. Doch er hat den heimlichen Angreifer erkannt: Es war ein Mensch!"

„Bei den Zweigöttern", murmelte Bruder Barthian erschüttert.

Tomrin ging ein ganz anderer Ausdruck durch den Kopf.

Die Unruhe überall in der Hauptkammer nahm zu. Xix begannen hin und her zu laufen und aufgeregt mit den Mandibeln zu klicken. Die Gäste sprangen von ihren Plätzen auf, sahen sich angespannt um und fingen an durcheinanderzureden.

„Es war niemand von uns!", rief Ritter Ronan über den Lärm hinweg. „Das muss Euch klar sein. Wir sind Freunde der Xix."

„Uns ist gar nichts mehr klar", erwiderte der General. „Wir dürfen kein Risiko eingehen. Der Entführer darf nicht entkommen. Wir riegeln den ganzen Bau ab, bis wir ihn gefasst haben. Unser aller Überleben hängt davon ab, dass die Larve binnen zehn Stunden gefunden wird."

„Zehn Stunden?", wiederholte Tomrin verwirrt und blickte Bruder Barthian an. „Wieso das denn?"

Der Priester zuckte mit den Schultern.

„Weil sonst die Königliche Aura stirbt", vernahmen sie plötzlich eine Stimme hinter sich.

Tomrin drehte sich um und erblickte einen Xix, der direkt hinter ihnen stand. Pure Angst zeichnete sich auf der Miene des Insektenmannes ab. „Und was heißt das?", wollte Tomrin wissen.

„Dass sie wieder allein wären, so wie es einmal war", erkannte Hanissa. Sie blickte den Xix an. „Nicht wahr?"

Der Xix schüttelte verzweifelt den Kopf. „Nein. Die Königliche Aura schenkt uns zwar auch Gemeinschaft, aber vor allem Frieden. Ohne sie …" Seine Mandibeln zuckten eigenartig. „Ohne sie werden wir wieder zu den gefährlichen Monstern, die wir vor tausend Jahren waren." Er beugte sich ein wenig nach vorn, und ein schwaches Glitzern trat in seine Facettenaugen. „Wir werden wieder zu den gnadenlosen, unersättlichen Ungeheuern, die alles auslöschen, was sich ihnen in den Weg stellt."

Kapitel 2

Eingesperrt!

Die hölzernen Stiegen der schmalen Treppe knarrten unter Sandos Sohlen, als er und Fleck ins Erdgeschoss der Drachengasse 13 zurückgingen. Sando seufzte. „So viel zum Arbeitszimmer …"

Fleck sah zu ihm auf. Der kleine Flugdrache mit den verkrüppelten Flügeln gab ein unzufrieden klingendes Quäken von sich.

„Ich verstehe genau, was du meinst." Sando strich ihm über den schuppigen Kopf. „Jetzt haben wir alle Zimmer durch und wissen noch immer nicht, was wir heute anstellen sollen. Irgendwie macht nichts richtig Spaß. Und so langsam gehen uns die Möglichkeiten aus."

Es war zum Aus-der-Haut-fahren: Die Drachengasse 13 gehörte sicher zu den interessantesten Flecken in ganz

Bondingor. Das Haus, in dem sich Sando immer mit seinen Freunden Tomrin, Hanissa und Fleck traf, war einst von einem fehlgeleiteten Unsichtbarkeitszauber aus der nahen Magischen Universität getroffen worden. Es war, bis auf ein kleines Mauerstück mit Fenster, nicht mehr zu sehen und seitdem völlig in Vergessenheit geraten. Niemand außer den Freunden und dem mürrischen Wasserspeier von gegenüber wusste von ihm. Außerdem lagen in allen Zimmern noch seltsame Habseligkeiten des früheren Besitzers herum. Dieser, so glaubte Hanissa zu wissen, war ein Weltreisender gewesen. Man hätte doch meinen sollen, in einem solchen Haus *gäbe* es keine Langeweile.

Fleck quäkte erneut. Irrte Sando sich, oder klang er vorwurfsvoll?

„Hey, schau mich nicht so an! Interessierst *du* dich etwa für Königinnen und höfische Riten?"

Der Drache senkte den Kopf und vergrub die lange Schnauze unter den Vorderpfoten.

„Na also. Ich mich auch nicht."

Obwohl Sando es niemals zugegeben hätte, war es vielleicht ein Fehler gewesen, sich den anderen heute nicht anzuschließen. Er fand die insektenartigen Heiler aus dem Norden der Stadt zwar auch faszinierend, hatte für königliches Gebaren aber eigentlich nichts übrig. All das Verbeugen und untertänige Getue, das an Höfen so üblich war, kam ihm albern vor, und der Hof der Xix war da sicher keine Ausnahme. Als Junge aus der Hafengegend liebte Sando die Freiheit und das Gefühl, tun und lassen zu können, was immer er wollte.

Aber irgendwie macht es keinen Spaß, tun und lassen zu können, was man will, dachte er, *wenn niemand da ist, mit dem man es zusammen tun kann …*

Diese Einsicht überraschte ihn. Obwohl er bislang eher ein Einzelgänger gewesen und meist allein durch Bondingors Straßen gestreift war, fehlte ihm plötzlich die Gesellschaft seiner Freunde. Nicht einmal die mysteriöse Kellerklappe im Erdgeschoss der Drachengasse 13, die sie bislang nicht hatten öffnen können, interessierte ihn noch sonderlich. Ohne Tomrin und Hanissa verlor sie irgendwie an Reiz.

Fleck war zu der kalten Feuerstelle getreten, die fast eine komplette Wand der großen Wohnstube der Drachengasse 13 einnahm. Als wittere er Sandos Lustlosigkeit, nahm er ein schmales, längliches Holzscheit ins Maul und hielt es ihm auffordernd hin.

Der Junge hob eine Augenbraue. „Ausgerechnet du willst Stöckchen spielen? Gib's zu, du willst doch nur nett zu mir sein."

Fleck war ein wenig ungeschickt und hatte erst vor Kurzem begriffen, wie das Apportierspiel überhaupt ging. Eigentlich war er kein Freund davon. Trotzdem bekräftigte er seine Absicht mit einem Schnauben.

„Komm, lass uns rausgehen", schlug Sando lachend vor und sah zu den Zauberutensilien auf dem abgewetzten Tisch in der Zimmermitte hinüber. Hanissa experimentierte hier, weil sie das in der Magischen Universität, wo sie mit ihrer Mutter wohnte, nicht durfte. „Wenn wir im Haus Stöckchen werfen, bringt Nissa uns um. Die achtet wie ein Luchs darauf, dass ihren Fläschchen und Tiegeln nichts geschieht."

Draußen stand die Sonne inzwischen hoch am Himmel. Sie vertrieb die letzten Schatten aus dem mit morschen Brettern, zerbrochenen Marktkisten und allerhand anderem Gerümpel vollgestellten Innenhof, der hinter den Häusern mit den Nummern 11 und 15 lag. Diese Gebäude und der Hof selbst verbargen die Drachengasse 13 vor ungebetenen Gästen.

Fleck japste ausgelassen, lief im Kreis um Sando herum und schnappte mit seiner langen Schnauze nach Staubteilchen im Sonnenlicht. Im Freien schien es ihm deutlich besser zu gefallen als im Haus.

„Dann mal los", sagte Sando, holte mit dem Stöckchen aus und …

„Muss das sein?"

Reglos hielt Sando inne. Diese Stimme kannte er genau – so mürrisch klang hier nur einer.

„Könnt ihr nicht drinnen spielen, he? Müsst ihr jedes Mal rauskommen und mich bei meiner wohlverdienten Ruhepause stören?"

Sando schnaubte leise. Von wegen Ruhepause! Es hatte seit *Tagen* nicht geregnet. Das war keine Pause mehr, das waren Ferien. „Guten Morgen, Herr Glukk", grüßte er den steinernen Wasserspeier mit dem Froschgesicht bemüht freundlich. „Wie geht es Euch?" *Alter Stinkstiefel*, fügte er in Gedanken hinzu.

Glukk hing ganz oben an einer der Hauswände, die den Innenhof begrenzten. Als Wasserspeier hatte er nur bei Regenwetter zu arbeiten. Den Rest seiner Zeit verwendete er darauf, in der Sonne zu dösen und sich – so schien es Sando wenigstens – über alles und jeden aufzuregen, der ihn dabei störte.

„Ach, frag besser nicht. Die halbe Nacht musste ich mich mit einer Gruppe Kobolde streiten, die auf mir herumklettern und von hier aus den Sternenhimmel beobachten wollten. Und jetzt, wo ich endlich wieder meine Ruhe habe, kommst du mit deinem Drachen und machst neuen Krach." Glukk seufzte theatralisch. „Den machst du doch gleich, oder?"

Sando hielt dem vorwurfsvollen Blick des Steinwesens stand. „Fleck und ich wollen uns nur ein bisschen die Zeit vertreiben."

„Sicher, sicher. Und ehe man sichs versieht, bröckelt hier der Putz von den Wänden, fallen Schrottberge in sich zusammen, und es zischen gelbe Lichtblitze hin und her, als wäre ein Magierkrieg ausgebrochen."

Bei der Erwähnung der Blitze musste Sando schlucken. Hanissa war eine schlaue und talentierte Zauberin, aber an *dem* Tag hatte sie gründlich danebengegriffen. *Das wird Glukk uns noch vorhalten, wenn wir schon alt und grau sind*, dachte er. „Für die Blitze haben wir uns längst entschuldigt", sagte er ebenso leise wie trotzig.

Glukk hörte ihn dennoch. „Und die alte Statue, die von den Blitzen pulverisiert wurde, ist euch für eure Entschuldigung auch sicher ganz doll dankbar", spöttelte er. „Warum seid ihr eigentlich nicht mit den anderen zwei zusammen? Durften die heute nicht kommen?"

„Tomrin und Nissa sind im Norden der Stadt unterwegs", antwortete Sando zerknirscht. „Bei den Xix. Tomrins Lehrer hat sie mitgenommen, sie besuchen die Krönungszeremonie."

Glukk riss so erschrocken die Glupschaugen auf, dass das Gestein, aus dem er gemeißelt war, nur so knirschte. „Im Bau? Gütiger Wolkenbruch, Junge, sag bloß nicht, dass die beiden im Bau sind!"

„Äh … doch. Soweit ich weiß, findet die Krönung da statt." Sando wurde mulmig. So kannte er den Wasserspeier gar nicht. „Wieso? Bruder Barthian sagte, es sei völlig ungefährlich dort. Ich kenne zwar keinen Xix persönlich, wüsste aber nicht, dass von denen eine Bedrohung ausginge. Das sind doch allesamt freundliche Heiler."

„Junge!", sagte Glukk beschwörend. In seinem Blick, der eben noch voller Tadel gewesen war, lag nun etwas anderes. Etwas, das Sando wie Erschrecken vorkam. „Der Bau der Xix wurde heute Morgen völlig abgeriegelt! Mein Freund Gyrgel aus dem Ostend, das direkt an deren Gebiet grenzt, hat es mir vorhin gesagt. Die Xix …" Er brach ab.

Nicht zum ersten Mal fragte sich Sando, warum ausgerechnet die steinernen und so gut wie unbeweglichen Wasserspeier zu den am besten unterrichteten Bewohnern der gesamten Stadt gehörten. Doch der Großteil seiner Gedanken drehte sich um seine Freunde. Aus dem unguten Gefühl in seiner Magengegend war inzwischen Gewissheit geworden: Tomrin und Hanissa steckten in Schwierigkeiten! „Was?", fragte er atemlos. „Was ist mit den Xix, Herr Glukk? Sagt es mir, bitte."

Der Wasserspeier ließ den Kopf hängen, als habe er eine schlimme Nachricht erhalten. „Die Xix sind plötzlich wahnsinnig geworden. Gyrgel sagt, sie hätten alle ihre Besucher gefangen genommen und die Beherrschung über sich verloren. Er sagt, die Xix seien seit heute eine Gefahr für sich selbst und jeden in ihrer Nähe."

Sando starrte ihn an. Vor seinem geistigen Auge sah er die dürren, fremdartigen, freundlichen Insektenwesen in ihren Heilerroben und versuchte, sich ausgerechnet sie als wilden Mob vorzustellen. Es gelang ihm nicht. Dennoch zweifelte er nicht an Glukks Worten.

„Fleck", sagte er erschüttert und ließ den Stock aus seiner Hand fallen, „komm her. Wir müssen zum Bau und nachsehen, was passiert ist."

Augenblicke später rannte Sando aus dem schmalen Durchgang zwischen den Häusern 11 und 15 hinaus auf die Drachengasse, und der Jungdrache folgte ihm.

„Zurück!" Stadtmarschall Feylor von Garstings Befehl hallte über die kopfsteingepflasterte Straße, die das Musenfeld vom Gebiet der Xix trennte. „Verdammt noch mal, bleibt zurück!" Sein prachtvoller Schimmel schnaubte, als Feylor auf ihm an den Schaulustigen vorbeitrabte. Das gezückte Schwert des Stadtmarschalls glänzte in der Mittagssonne. „Ich schwöre euch, der Nächste, der auch nur einen Schritt über diese Straße wagt, verbringt die Nacht im Kerker!"

Sando stockte der Atem. Er war gerade angekommen, und das Chaos übertraf seine schlimmsten Befürchtungen. Überall standen Leute herum – Menschen, Zwerge, Trolle, Elfen und andere – und glotzten zu den Bauten der Xix hinüber. Sie mussten ebenfalls von den Vorfällen gehört haben und gekommen sein, um zu schauen, was los war.

Wäre die Stadtgarde nicht vor Ort gewesen, um für Ordnung zu sorgen, hätte die Neugierde den einen oder anderen von ihnen sicher längst zwischen die an Bienenstöcke erinnernden Unterkünfte des Insektenvolks getrieben. Und dort, so ahnte Sando, erwartete sie nichts Gutes.

Die Xix lebten in rotbraunen Bauten aus Erde, Lehm und anderen Naturbestandteilen, die sich über ein gut tausend Schritt messendes Gebiet zwischen Musenfeld, Altstadt und Ostend verteilten. Ihr riesiger Hauptbau war das am höchsten aufragende Wahrzeichen der Stadt. Deutlich kleinere, die ähnlich aussahen, umgaben ihn auf allen Seiten. Es handelte sich, soweit Sando wusste, um allerlei Zweckbauten. In einigen behandelten die Xix Kranke, die aus allen Teilen Bondingors zu ihnen kamen und um Hilfe baten, in anderen trieben sie Handel. Diese

Häuser waren kaum größer als GUMPS BRANDUNG, Sandos Heimat am Hafen, und aus einigen stieg dunkler Rauch zum Himmel.

„Aus Schornsteinen stammt der nicht", murmelte Sando und griff nach Fleck, um ihn festzuhalten. Der Jungdrache wäre sonst vielleicht aus lauter Sorge um seine Freunde einfach weitergerannt. „Das sind Hausbrände. *Bau*brände."

Tatsächlich: Je genauer er hinsah, desto deutlicher nahm er die Flammen wahr, die hier und da zwischen den Xix-Unterkünften loderten. Mitglieder der Stadtgarde eilten mit Holzeimern voller Sand und Wasser herbei, um zu helfen. Doch obwohl die mutigen Gardisten die Feuer löschten, zeigten sich die rings um den Hauptbau lebenden und arbeitenden Xix nicht gerade dankbar. Im Gegenteil bemerkte Sando, wie einige der insektenartigen Geschöpfe die Soldaten angriffslustig anzischten. Andere stürzten kopflos umher. Sie schienen wie besessen zu sein. Wer ihnen in den Weg geriet, tat gut daran, schnell zur Seite zu springen, denn die normalerweise so ruhigen und fürsorglichen Xix kannten offensichtlich keine Rücksicht mehr. Was war nur in sie gefahren?

„Nicht alle haben den Verstand verloren", sagte ein junger Elf, der neben ihn getreten war, als könne er seine Gedanken lesen. „Schau, manche von ihnen wirken so ausgeglichen und vernünftig wie eh und je." Dabei deutete er mit ausgestrecktem Arm über die Straße. „Zumindest noch."

Sando sah den Jungen an – weißblondes Haar über einem blassen Gesicht, spitze Ohren und ein schlaksiger Körperbau –, dann folgte er mit seinen Blicken dem Arm. Tatsächlich gab es Xix, die der Stadtwache bei ihren Bemühungen, Ruhe und Ordnung wiederherzustellen, zur Hand gingen. Die Wahnsinnigen griffen auch sie an, wann und wo immer sie ihnen begegneten.

Fleck quäkte.

„Mir gefällt das auch nicht, Fleck", sagte Sando und tätschelte ihm die Schulter. „Aber Tomrin und Nissa sind da irgendwo. Wir müssen sie finden."

„Ihr wollt da rein?" Der Elfenjunge riss die Augen auf. „Die Stadtwache sagt, wer kein Xix ist, soll der Gegend fernbleiben – zur eigenen Sicherheit."

„Und was wird dann aus den Besuchern der Krönungsfeier?", wollte Sando wissen.

„Das lasst mal meine Sorge sein", beantwortete zu seiner Überraschung Feylor von Garsting die Frage persönlich. Der blonde Stadtmarschall war auf seinem Patrouillenritt wieder vor Sando angekommen und hatte offenkundig gehört, worüber dieser mit dem Elf sprach. „Meine Männer suchen fieberhaft nach einem Weg, den Bau zu betreten und alle zu befreien. Keine Sorge, mein Junge. Wir machen das schon."

Gleich darauf war er wieder fort, ritt weiter die Straße auf und ab, während hinter ihm seine Garde gegen die Feuer und die wild gewordenen Xix kämpfte. Vermutlich hatte er Sando gar nicht wiedererkannt.

Wir machen das schon. Sando war Feylor nur ein paar Mal begegnet, hatte von Tomrin aber mehr als genug Geschichten über ihn gehört. Er war ein machtgieriger Kerl, der meist seinen persönlichen Vorteil über das Wohl der Stadt stellte. Sando wusste entsprechend genau, was er von den Versicherungen des selbstbewussten Stadtmarschalls halten durfte: nicht viel.

„Ich gehe trotzdem rein", sagte er so leise, dass ihn nur der Elf hörte. „Auf die Worte des Stadtmarschalls gebe ich nichts. Der redet viel, wenn der Tag lang ist."

„Man wird dich nicht lassen", warf der Elf ein. „Entweder hält dich die Garde auf oder einer der vielen Schaulustigen."

Sando grinste humorlos. „Nicht, wenn du mir hilfst."

„Oh, beim Wald meiner Vorfahren!", schrie der Elfenjunge aus Leibeskräften. „Es tut so weh, mir wird ganz anders." Er fing an, mit Armen und Beinen zu zucken, dann ließ er sich auf den Boden fallen.

Sofort richtete sich die Aufmerksamkeit der Schaulustigen und der wenigen verbliebenen Gardisten auf ihn. „He, Junge, was ist los mit dir?", fragte ein rundlicher Mann in Bäckerschürze.

Sando wartete nicht ab, was der Elf antwortete, sondern nutzte die Ablenkung, um mit Fleck wie besprochen hinter dem Rücken der Anwesenden auf die Lehmbauten der Xix zuzurennen. Hastig gingen er und Fleck hinter den äußersten in Deckung. Hatten sie es wirklich geschafft?

Sando lauschte und lauschte, hörte aber weder einen Verfolger noch den Protest von Feylor von Garstings Mannen. Niemand hatte ihn und Fleck bemerkt.

„In Ordnung", sagte er leise und sah den Jungdrachen ernst an. „Du bleibst dicht bei mir, verstanden?"

Fleck klopfte ungeduldig mit seinem ledrigen Schwanz auf den Boden.

Ebenso vorsichtig wie schnell huschte Sando mit ihm von Nebenbau zu Nebenbau – immer auf der Hut vor den um Ordnung bemühten Gardisten und den vom Irrsinn befallenen Xix. Was in aller Welt ging hier nur vor? Wieder und wieder kamen Sando die Worte des Wasserspeiers in den Sinn: *Der Bau der Xix ist völlig abgeriegelt worden. Gyrgel sagt, sie hätten alle ihre Besucher gefangen genommen.*

Nie zuvor hatte er so viele Xix auf einmal gesehen. Obwohl er sie als friedliche Wesen kannte, kamen sie ihm nun äußerst fremd vor, und ihr Verhalten ängstigte ihn. Viele der menschengroßen Insekten verhielten sich erschreckend unbeherrscht und angriffslustig – und das ohne erkennbaren Grund. Ihre Kauwerkzeuge klickten hektisch, was sicher auf ihre Aufregung zurückzuführen war, und sie fuchtelten mit ihren mehrgliedrigen Armen in der Luft herum, als wollten sie unsichtbare Geister erschlagen.

Es bedurfte Sandos gesamten Geschicks, sich mit Fleck unbemerkt durch ihr Viertel zu bewegen. Doch es gelang. Nach einigen Minuten voller Herzklopfen erreichten der

Junge und sein schuppiger Begleiter den zentralen Platz des Geländes. Aus der sicheren Deckung eines verlassenen Hauseingangs sahen sie sich um.

Der Bau war so riesig und imposant, wie Sando ihn in Erinnerung hatte. Die an waagerechte Schießscharten erinnernden schmalen Fenster waren die einzigen Öffnungen, die er ausmachen konnte. Und keine von ihnen war groß genug, als dass sich jemand hätte hindurchzwängen können.

„Bleibt nur das Tor", murmelte der Junge und nickte Fleck zu. „Wer auch immer da rein oder raus will, *muss* den Haupteingang nehmen."

Ein weiteres waghalsiges Manöver später hatten Sando und Fleck den Bau so weit umrundet, dass sie das schwere gusseiserne Tor sehen konnten, das ins Innere führte.

Sando stockte der Atem: Es war geschlossen! Nichts und niemand würde es von außen öffnen können.

Fleck gab einen winselnden Laut von sich.

„Ich weiß", murmelte Sando. „Falls Tomrin und Nissa wirklich da drin sind, hat man sie tatsächlich eingesperrt. Bei den geisteskranken Xix …"

Und er hatte keinen Schimmer, was er nun tun sollte.

Kapitel 3

Die Zeit läuft

„General Qalrx, ich muss aufs Schärfste Einspruch ein-
legen!", rief Ritter Ronan. Er musste brüllen, um sich bei
dem Durcheinander aus wimmelnden Xix Gehör zu ver-
schaffen. „Ihr dürft Baron Berun von Bondingor hier nicht
festhalten."

„Und uns auch nicht!", beschwerte sich einer der Ab-
gesandten der Zwergendelegation. „Wir haben mit diesem
menschlichen Mörder und Entführer nichts zu tun!"

„Niemand verlässt den Bau, bis wir das Verbrechen auf-
geklärt haben", zischte der Xix-General. Seine kräftigen
Mandibeln klackten, und in seinen Facettenaugen glitzerte es gefährlich. Es ließ sich nicht mit Sicherheit sagen,
ob das noch das Licht der zahlreichen Feenfeuerlaternen
war oder schon der aufkeimende Wahnsinn.

Tomrin, der sich zusammen mit Bruder Barthian und Hanissa zu seinem Vater durchgedrängelt hatte, schluckte und blickte beunruhigt in die Runde. „Ich glaube, wir stecken ganz schön in der Tinte", raunte er. Er überlegte, ob er sein Kurzschwert ziehen sollte, das er anlässlich des Festtages tragen durfte. Aber noch hatte keiner der Erwachsenen irgendeine Waffe gezückt. Offenbar wollte niemand die Lage noch schlimmer machen, als sie schon war.

Hinter ihnen war ein klickendes Aufkreischen zu hören. Tomrin fuhr herum und erblickte einen Xix, der von einem zweiten in die Mangel genommen wurde. Der Angreifer hatte seine kräftigen Hände um den dürren Hals seines Nachbarn gelegt und schüttelte ihn, dass dessen Mütze vom Kopf flog. Auch in seinen Facettenaugen lag ein beunruhigender Schimmer.

„Es geht schon los", murmelte Hanissa furchtsam. „Sie verlieren die Beherrschung."

„Nicht alle", widersprach Bruder Barthian und deutete auf drei andere Xix, die beherzt einschritten und die Kämpfenden trennten. „Manche der Xix sind besonnener als andere."

„Aber es ist doch nur eine Frage der Zeit, bis die alle durchdrehen, oder?", fragte Tomrin.

Die Miene des Priesters verdüsterte sich. „Ich fürchte, ja. Umso wichtiger ist es, dass etwas unternommen wird."

Barthian wandte sich an Ritter Ronan und raunte ihm etwas zu. Der schaute zu Tomrin und Hanissa hinunter.

Die Miene von Tomrins Vater verriet Sorge. Bestimmt hatte er sich diesen Vormittag vollkommen anders vorgestellt.

Noch waren die Angst und Verwirrung der meisten Xix stärker als ihr Zorn. Keiner von ihnen näherte sich den Gästen aus den anderen Vierteln Bondingors offen feindselig. Dennoch rückten die Elfen, Zwerge und Menschen unwillkürlich zusammen. Ihnen war klar, dass sie sich in einem Bau, in dem an die zweitausend Insekten zunehmend den Verstand verloren, in höchster Gefahr befanden.

„Ich sage, wir kämpfen uns den Weg frei!", knurrte einer der Zwerge und packte grimmig seine Streitaxt, die zwar kunstvolle goldene Verzierungen aufwies, aber nichtsdestotrotz eine beeindruckende Waffe war.

„Ich bin dabei!", grollte der Minotaur.

„Wir dürfen jetzt nicht den Kopf verlieren", wandte einer der Elfen ein. „Die Xix sind nicht unsere Feinde."

„Und wie lange wissen die das noch?", fragte der Zwerg herausfordernd. „Ich will jedenfalls nicht mehr hier wie auf dem Präsentierteller herumstehen, wenn die Insekten Lust darauf bekommen, *uns* die Finger um den Hals zu legen."

„Vielleicht können wir noch zu einer Einigung finden", meinte Baron Berun. Der rundliche Fürst der Stadt wirkte erstaunlich gelassen. Entweder begriff er nicht ganz, was um ihn herum geschah, oder er war mit einer unerschütterlichen Zuversicht gesegnet.

„Ja, vielleicht", stimmte Ritter Ronan ihm zu.

Tomrin, der mit Hanissa dem Gespräch bislang stumm gelauscht hatte, bemerkte eine Bewegung auf der Tribüne. „Vater", warnte er. „Der General kommt mit Soldaten."

Ritter Ronan und die anderen Würdenträger wandten sich um. Tatsächlich näherte sich Qalrx mit einigen anderen Xix, die mit langen Speeren bewaffnet waren und überhaupt nicht mehr so freundlich wirkten wie noch die Wachen, die Bruder Barthian, Hanissa und Tomrin zuvor am Eingang begrüßt hatten.

„Und nun gesteht!", zischte der Xix-General. „Wer von Euch hat den Attentäter geschickt?"

„General, niemand von uns ist dafür verantwortlich", erwiderte Ritter Ronan entschieden. „Es wäre doch auch sehr dumm von uns gewesen, als Gäste an dieser Zeremonie teilzunehmen, wenn wir gleichzeitig vorgehabt hätten, den Xix zu schaden."

Der Xix-General richtete sich drohend auf seinen vier Hinterbeinen auf und blickte grimmig auf Tomrins Vater hinunter. „Es wäre sehr *trickreich* von Euch, genau das zu tun. Niemand soll Euch verdächtigen. Aber mich täuscht Ihr nicht."

„General Qalrx, wir möchten Euch wirklich helfen, dieses Problem zu lösen und den Entführer der Königinlarve zu finden", meldete sich Baron Berun zu Wort. „Aber Ihr müsst auch ein wenig einsichtig sein."

„Genau", brummte der Zwerg mit der Streitaxt. „Denn wenn Ihr uns etwas zuleide tut, dann gibt es einen Aufstand im Zwergenviertel. Dann brennt Euer Bau, das könnt Ihr mir glauben."

Tomrins Vater warf dem Zwerg einen tadelnden Blick zu. „Spart euch derartige Drohungen, Steinrat Erzfinder. Sie sind wirklich nicht hilfreich." Er richtete sich wieder an Qalrx. „Wir wollen keinen Aufruhr in Bondingor. Lasst uns vernünftig miteinander reden, General, solange es noch geht."

Der Xix klickte unruhig mit seinen Kauwerkzeugen. In Tomrins Augen hatte er sichtlich Mühe, dem Wunsch Ritter Ronans nachzukommen und vernünftig zu bleiben. „Was wollt Ihr?", fragte Qalrx.

Tomrins Vater warf einen raschen Blick durch die Hauptkammer. Sie hatte sich deutlich geleert. Aber immer noch liefen viel zu viele Xix aufgeregt durcheinander, als dass man sich hätte sicher fühlen können. „Bringt uns an einen Ort, an dem wir in Ruhe reden können. Erlaubt dem Baron, einen Brief zu schreiben, um die Stadtgarde von Bondingor, die sich sicher schon vor dem verschlossenen Bau versammelt hat, zu beruhigen. Wir müssen sie wissen lassen, dass es uns gut geht, sonst versucht nachher noch jemand, den Bau zu stürmen, und es kommt zu einem Blutbad. Und als Drittes möchte ich Euch bitten, wenigstens den Kindern zu erlauben, den Bau zu verlassen. Sie sind nun wirklich unschuldig." Er deutete auf Tomrin und Hanissa.

„Nein, Vater, ich will bei dir bleiben", begehrte Tomrin auf. Die Vorstellung, seinen Vater hier allein zurücklassen zu müssen, gefiel ihm überhaupt nicht.

 42

„Still, Tomrin", unterband sein Vater jeden weiteren Protest. „Du wirst gehen, wenn ich es dir sage. Denk auch an Hanissa. Du musst sie beschützen."

Hanissa öffnete bereits den Mund, als wolle sie dazu auch etwas sagen, doch dann überlegte sie es sich anders und schwieg.

„Also gut", lenkte Qalrx ein. „Folgt mir."

Der General führte die Würdenträger zurück zur Tribüne und durch einen Hinterausgang aus der Hauptkammer ins Ganglabyrinth des Baus. Die Gäste der Xix blieben ihm dicht auf den Fersen. Keiner wollte allein versuchen, sich durch den brodelnden Bau bis zu einem der verschlossenen Ausgänge durchzukämpfen.

Der Marsch endete kurz darauf in einem Raum, der in etwa die Größe des Rittersaals der Festung der Stadtgarde hatte. Es gab Sitzgelegenheiten und runde Tische; vermutlich handelte es sich um einen Speisesaal. Im Augenblick hielt sich kein weiterer Xix darin auf.

Der General ließ alle Würdenträger Platz nehmen. Anschließend brachte einer seiner Soldaten Pergament und ein Tintenfässchen mit Feder. „Also, schreibt Euren Brief", befahl Qalrx Baron Berun. „Danach werde ich ihn durch einen Boten zum Haupttor bringen lassen. Die Kinder dürfen ihn begleiten. Sie sind frei."

„Danke, General", sagte Ritter Ronan, der an Beruns Seite stand.

Missmutig wandte Tomrin sich ab. Natürlich sah er ein, dass sein Vater recht hatte. Es war gefährlich, hier im Bau zu bleiben. Und wenn es eine Möglichkeit gab, Hanissa aus dieser Gefahr zu befreien, musste er sie ergreifen. Andererseits war Hanissa wirklich kein ängstliches Ding wie etwa Lisehra, das Hausmädchen der von Wiesensteins. Sie war klug und verdammt mutig. Das hatte sie schon mehr als einmal bewiesen. Und sicher juckte es sie genau wie ihn in diesem Augenblick in den Fingern, nach dem geheimnisvollen Schurken zu suchen, der Zrkida die Erste entführt hatte. Wenn nur nicht die Bedrohung durch all diese verrückt werdenden Xix bestanden hätte. Hinter jeder Ecke mochte eines der Insekten lauern, um mit irrsinnig glitzernden Facettenaugen über einen herzufallen. *Schöner Mist,* dachte Tomrin.

Eine Hand legte sich auf seine Schulter. „Bist du bereit, mein Sohn?", fragte Ritter Ronan.

Tomrin blickte auf und sah seinen Vater an. „Ja, Vater", sagte er. Er versuchte nicht, weiter darum zu betteln, bleiben zu dürfen. Schließlich wollte er vor all den Zwergen, Elfen und anderen Würdenträgern nicht wie ein quengeliges Kleinkind wirken.

„Dann komm. Und du auch, Hanissa." Ronan von Wiesenstein brachte die beiden zur Tür des Raums, wo General Qalrx mit dem Obersten Heiler der Xix stand. Dieser hatte eine weiße Toga um den Panzer geschlungen. „Das ist Oberster Heiler Kla'Xrn aus der Gilde der Weißen Pillendreher", sagte Ritter Ronan. „Er wird Beruns Schreiben zu den Soldaten bringen. Geht mit ihm, Tomrin und Hanissa. Er führt euch sicher aus dem Bau heraus."

Tomrin nickte. Als er zu seinem Vater aufblickte, bildete sich ein Kloß in seinem Hals. „Pass auf dich auf", bat er.

Ronan von Wiesenstein strich seinem Sohn über den Blondschopf. „Keine Sorge, Tomrin. Uns wird nichts geschehen."

„Gehen wir", sagte Kla'Xrn mit deutlich klickendem Akzent. Sein linkes Augenlid zuckte kurz, und sein Kopf ruckte ein wenig zur Seite. Im nächsten Moment hatte er sich aber wieder gefangen. Einige wenige Xix schienen wirklich besser mit dem Verlust der beruhigenden Königlichen Aura zurechtzukommen als andere.

Der Heiler machte sich auf den Weg, und Tomrin und Hanissa folgten ihm. Zwei Soldaten begleiteten sie zu ihrem Schutz – wobei der Junge sich fast sicherer gefühlt hätte, wenn das nicht der Fall gewesen wäre. Wer konnte schon wissen, ob nicht auf halbem Wege bei einem der mit Speeren bewaffneten Insekten der Wahnsinn durchbrach? Doch da seine beiden Bewacher nun einmal da waren, blieb ihm nichts anderes übrig, als sie misstrauisch aus den Augenwinkeln zu beobachten.

Unterdessen folgten Hanissa und er Kla'Xrn durch die Tiefen des Baus. Der Oberste Heiler schien sich hier sehr gut auszukennen. Er mied die Hauptwege, auf denen zahlreiche Xix umherliefen, und wählte stattdessen die Nebengänge, die sich durch den Bau wanden. Dennoch gelang es auch ihm nicht, Begegnungen mit anderen Xix zu vermeiden. Zwei- oder dreimal kamen sie an kleinen Gruppen vorbei, die eng beisammenstanden und angstvoll ins Leere starrten. In einer Nische kauerte ein Xix auf dem Boden und wiegte mit leisem Klacken den Oberkörper vor und zurück. Und aus einem Seitengang vernahmen sie schrilles Kreischen und zorniges Mandibelklicken. Tomrin sah, wie Kla'Xrn beunruhigt den Kopf drehte und dann eilig weitertrippelte.

„Kann man denn nichts gegen diesen Wahnsinn unternehmen?", wollte Hanissa von dem Xix wissen. „Ihr seid doch die besten Heiler, die es gibt."

Kla'Xrn schüttelte betrübt den Kopf. „Selbst wir sind dagegen machtlos. Was hier geschieht, ist keine Krankheit. Es ist unsere alte Natur, die nun wieder zum Vorschein kommt."

„Aber warum haben die Xix nie etwas davon erzählt?", mischte sich nun auch Tomrin ein. Er glaubte nicht, dass irgendjemand der Würdenträger gewusst hatte, was tief in den Xix verborgen lag.

„Weil es ein Teil von uns ist, von dem wir hofften, er würde nicht mehr zum Vorschein kommen", erklärte der Heiler. „Seit Jahrhunderten sind wir das friedfertige Volk, das ihr kennt. Wir sind Heiler und Gelehrte und stolz darauf, anderen zu helfen. Der Schutz der Königlichen Aura hat uns dieses Leben ermöglicht. Dass uns diese Aura jemals entrissen wird – daran haben wir nie gedacht." Der Xix blickte Tomrin und Hanissa fassungslos an. „Wer sollte schon unsere Königin rauben wollen? Wir haben doch keine Feinde! Warum auch? Wir helfen allen! Und wie wird es uns gedankt?" Er merkte, dass er lauter geworden war, blieb stehen und ließ den Kopf hängen. „Es tut mir so leid, dass ihr das miterleben müsst", fuhr er leiser fort. „Was werdet ihr jetzt von uns denken? Was wird das Volk Bondingors von uns denken? Man wird uns als gemeingefährliche Plage fortjagen, wenn wir uns nicht vorher selbst zugrunde richten. Oh je, oh je."

Einer der Wächter gab ein aufforderndes klackendes Geräusch von sich und deutete mit seinem Speer den Gang hinunter.

„Ja, ja, ich gehe ja schon weiter." Kla'Xrn drehte sich um und trippelte los.

Sie bogen nach rechts in einen weiteren Gang ab. Etwa dreißig Schritt vor ihnen glaubte Tomrin den riesigen Torweg zu erkennen. Mandibelklicken und Zischen war von dort zu hören. „Das riecht nach Ärger", brummte er leise.

Er hatte die Worte kaum ausgesprochen, als plötzlich direkt vor ihnen ein schrilles Kreischen erklang und zwei Xix aus einem Quergang sprangen. Sie hatten die Facettenaugen weit aufgerissen, und ihre hellen Gewänder hingen ihnen in Fetzen vom braunen Insektenleib. Weißliche Flüssigkeit besudelte ihre Panzer. Unwillkürlich fragte sich Tomrin, welche Farbe das Blut der Xix hatte.

„Vorsicht, Kinder!", rief Kla'Xrn und drängte Hanissa mit seinem dicken Hinterleib einige Schritte nach hinten.

Gleichzeitig schoben sich die beiden Soldaten nach vorn, um sich den verrückt gewordenen Xix entgegenzustellen. Sie erhoben sich drohend auf ihre vier Hinterbeine und gaben befehlende Klackgeräusche von sich. Aber die beiden angreifenden Xix kümmerte das gar nicht. Zischend und mit glitzernden Augen warfen sie sich auf die Soldaten und rangen sie zu Boden. Einer der vom Wahn befallenen Xix verschränkte die Hände zur Faust und schlug seinem Gegner mit einem wuchtigen Hieb den breiten Helm vom Kopf. Klappernd rollte der Helm auf dem Boden davon.

„Oh je, nur fort hier!", rief Kla'Xrn panisch. „Folgt mir, Kinder." Mit fliegenden Beinen jagte der Xix-Heiler los, dem Ende des Gangs entgegen.

„Komm, Hanissa!", rief Tomrin und ergriff ihre Hand.

Doch gerade als sie dem Heiler nachlaufen wollten, sprang einer der wahnsinnigen Xix von seinem mittlerweile bewusstlosen Gegner auf und stellte sich ihnen fauchend in den Weg. Hanissa schrie auf und riss Tomrin zurück, als der lange, gelenkige Arm des Insektenwesens vorstieß und vor ihnen durch die Luft fuhr.

Taumelnd machte Tomrin drei Schritte nach hinten. „Kla'Xrn, wartet!", rief er dem entfliehenden Obersten Heiler nach, aber der Ruf ging im Kreischen der Xix unter.

„Dann also anders", knurrte Tomrin und zog sein Kurzschwert.

In diesem Moment tauchten zwei weitere Xix in dem Quergang auf. Auch sie zischten, und ihre Arme schlenkerten wie kaputte Windmühlenflügel in der Luft herum.

„Oder auch nicht", sagte Hanissa. „Schnell, komm. Wir müssen uns in Sicherheit bringen" Nun war sie es, die

Tomrins Hand packte und ihn mit sich riss. Er ließ sich nicht zweimal bitten.

So schnell ihre Füße sie trugen, hetzten sie den Weg zurück, den sie gekommen waren, vorbei an Xix, die sie entweder gar nicht beachteten oder aber ihnen zischend die Arme hinterherreckten.

„Wir müssen zu meinem Vater zurück", keuchte Tomrin atemlos.

Hanissas rote Haare flogen hin und her, als sie den Kopf schüttelte. „Den Weg finden wir nie."

„Doch, warte, lass mich nur machen", sagte Tomrin, und er übernahm die Führung.

Er rannte mit Hanissa zum Ende des Gangs, bog nach links ab und dann nach rechts und wieder nach rechts … und auf einmal standen sie in einer Sackgasse! Der Gang vor ihnen endete in einem kleinen Durchgang, der in eine Art Abstellkammer führte. Dahinter kam nichts mehr.

Tomrin schaute Hanissa an.

„Jetzt guck nicht so blöde; ich habe dich machen lassen", wehrte das Mädchen ab.

„Hättest du den Weg gewusst?", fragte er kleinlaut.

Hanissa verzog das Gesicht. „Nein." Sie setzte sich auf einen der herumstehenden Tonkrüge und seufzte. „Was machen wir jetzt bloß?"

Tomrin biss sich auf die Lippen und schaute nachdenklich den Gang hinunter, der sie zurück in das Labyrinth des Xix-Baus führen würde – und mitten hinein ins Chaos, das dort herrschte. Ein Gedanke kam ihm, der ihm eigentlich ganz gut gefiel, je länger er ihn in seinem Kopf hin und her drehte. „Da wir nun schon hier sind", murmelte er, „und es mindestens genauso gefährlich ist, den Weg zum Haupttor oder zurück zu meinem Vater und den anderen Würdenträgern zu suchen … können wir doch auch versuchen, den Xix zu helfen, indem wir die entführte Königinlarve wiederfinden. Sie haben nur noch neun Stunden oder so, bevor die Königliche Aura unwiederbringlich verloren ist. Die Zeit läuft also, und jede helfende Hand ist wichtig." Er sah Hanissa auffordernd an. „Was meinst du?"

„Hunderte von Xix suchen in diesem Moment nach der Larve und ihrem Entführer", wandte seine Freundin ein. „Warum sollten wir sie schneller finden?"

„Weil wir den Xix gegenüber im Vorteil sind!", sagte Tomrin.

„Sind wir?", fragte Hanissa zweifelnd.

„Absolut." Tomrin grinste. „Ich habe schon einen tollen Plan."

Kapitel 4

Aufruhr in Bondingor

„Was gibt's, Männer?"

Sando duckte sich tiefer ins Dunkel. Hier im Eingang des kleinen Xix-Nebenbaus würde Feylor von Garsting ihn und Fleck nicht bemerken – zumindest hoffte er das. Der Stadtmarschall Bondingors war eben herangeritten und unterhielt sich nun mit zweien seiner Soldaten, die ziemlich ratlos vor dem verschlossenen Tor des Hauptbaus standen. Ihre Rüstungen sahen so mitgenommen aus, als kämen sie geradewegs aus einer Schlacht.

„Ein Ärgernis, Herr", antwortete einer der Männer, ein hünenhafter Kerl mit dichtem schwarzem Haar. „*Das* gibt's: ein ziemliches Ärgernis."

„Kommen wir immer noch nicht hinein?", fragte Feylor weiter. Er zuckte zusammen, als vielleicht ein Dutzend

Schritt entfernt einer der brennenden Nebenbauten krachend einstürzte. Funken stoben durch die Luft. Diejenigen Xix, die ohnehin schon völlig wild geworden waren, gebärdeten sich nun noch toller. Feylor legte sicherheitshalber die Hand an den Knauf seines Schwertes, doch der Angriff, den er dem Anschein nach befürchtete, blieb aus.

Die Männer schüttelten den Kopf. „Wir haben den ganzen Bau umrundet, Herr", antworteten sie. „Die Zugänge sind allesamt versperrt und von innen verriegelt."

„Und die Fenster?", hakte Feylor nach. Er klang sogar noch besorgter, als er aussah. „*Haben* die Xix überhaupt Fenster?"

„Sie haben Schlitze, Herr", antwortete der zweite Soldat. „Längliche Luftschlitze und Lichtschachtöffnungen in den Außenwänden. Die sind aber zu schmal, als dass sich ein Mann unseres Wuchses hindurchzwängen könnte."

Feylor von Garsting öffnete den Mund, als wollte er etwas sagen, doch der erste Soldat ließ ihn gar nicht zu Wort kommen. „Auch kein Zwerg oder Gnom", sagte er rasch. „Ein Kobold würde durchpassen, aber wer will schon auf die Hilfe eines Kobolds bauen?"

Der Stadtmarschall schloss den Mund wieder.

„An der Spitze des Gebäudes befinden sich zwar weitere Öffnungen", fuhr der zweite Soldat fort, „aber die sind ebenfalls zu schmal. Auch aus der Luft gibt es für uns also keine Möglichkeit, ins Innere des Baus einzudringen."

„Großartig", knurrte Feylor ungehalten. Sein Blick haftete auf dem rotbraunen gewaltigen Bau, als hoffe er,

von ihm die Antworten zu erhalten, die er nirgends fand. „Einfach großartig. Und wie soll ich bitte sehr die Würdenträger da rausholen? Ich weiß ja nicht einmal genau, was hinter diesen Wänden vor sich geht."

Sando ahnte, dass die Bemerkung nicht den Männern gegolten hatte. Feylor machte nur seinem Frust über die eigene Ratlosigkeit Luft. Obwohl er den Mann nicht leiden konnte, verstand er ihn in diesem Moment gut. Das Verhalten der Xix gab wohl so ziemlich jedem in Bondingor Rätsel auf. Nie zuvor hatte man die Insektenwesen so unbeherrscht und gefährlich erlebt.

Neben ihm wurde Fleck langsam unruhig. Er machte sich sicher ebenfalls Sorgen um ihre Freunde.

„Mir geht's wie dir", flüsterte Sando ihm zu. „Die Burschen sind uns keine Hilfe. Wir müssen selbst einen Weg ins Innere finden, wenn wir Tomrin und Nissa retten wollen."

Das war einfacher gesagt als getan. Wenn die Stadtwache behauptete, alle Eingänge seien versperrt, war das auch so. Es deckte sich mit seinen eigenen, weniger umfangreichen Beobachtungen. Sando kratzte sich am Kinn. *Denk nach, Junge*, befahl er sich. *Wie kommt man in ein Haus, dessen Türen und Fenster geschlossen sind und dessen Bewohner gar keinen Besuch haben wollen?* Wäre er nicht im Xix-Gebiet, sondern im heimischen Hafenviertel, wo er nahezu jede Hausecke und jeden Pflasterstein kannte, würde er es über das Dach versuchen und nach einem Schornstein Ausschau halten, durch den sich klettern ließe. *Aber der Bau hat keinen Schornstein, und die Öffnungen an seiner Spitze sind viel zu schmal für mich.*

„Nun denn", sagte Feylor und nickte seinen Männern zu. „Ich schlage vor, wir gruppieren uns neu. Sichert das Gelände, so gut es geht, und sorgt nach bestem Ermessen dafür, dass sich die dem Wahnsinn verfallenen Xix nicht selbst oder gegenseitig verletzen. Ich mache derweil eine weitere Runde und schaue, wie es überall aussieht."

Die Soldaten nahmen Haltung an. „Ja, Herr."

Dann trennten sie sich. Feylor von Garsting verschwand in östlicher Richtung, die zwei anderen Männer verloren sich in den kleinen Gassen zwischen den Nebenbauten. Dort, wo die Xix wüteten.

Als die Luft wieder rein war, wagten Sando und Fleck es, aus ihrem Versteck hervorzukommen. Sando sah sich vorsichtig nach allen Seiten um. Lauerte nirgendwo ein wilder Xix? Versuchte auch niemand, sie hinterrücks anzugreifen?

Dann entspannte er sich. All die Jahre als Straßenkind zahlten sich heute offenbar aus. „Solange du nicht zum Nachtfresser wirst, sind wir wohl im Moment vor einer Entdeckung sicher", sagte er zu Fleck.

Der Gedanke ließ ihn den Jungdrachen argwöhnisch mustern. Nein, noch wirkte Fleck ruhig, und es schien keine Gefahr zu bestehen, dass er sich in den grausigen Nachtfresser verwandelte. Seit einmal ein Zauber fehlgeschlagen war, wurde er zum riesigen Drachenungeheuer, wann immer er sich fürchtete. Er blieb dann zwar innerlich der harmlose Jungdrache, doch sein Körper wuchs immens – zu stark, als dass Sando ihn zwischen den Nebenbauten hätte verbergen können. Und er konnte plötzlich fliegen.

Sando seufzte. „Wie kommen wir bloß da rein?"

„Warum solltet ihr das wollen?"

Erschrocken wirbelte Sando herum. Die Stimme kam von hinten und war von derart eindeutigen Klicklauten begleitet, dass sie nur von einem Xix stammen konnte. Tatsächlich stand keine drei Schritt von ihm und Fleck entfernt eines der mysteriösen Wesen. Er hatte es gar nicht kommen hören. Das konnte gefährlich werden …

„Wer seid Ihr?", fragte Sando schroff, und seine rechte Hand glitt zu dem Dolch an seinem Gürtel. „Was wollt Ihr von uns?"

„Das könnte ich dich genauso gut fragen", gab der Xix zurück. Er war von kleinerem Wuchs als jeder andere Vertreter seines Volkes, der Sando bislang untergekommen war. Und irgendwie wirkte er eher neugierig als wahnsinnig.

Ein Kind, schoss es dem Straßenjungen durch den Kopf. *Das ist ein Kind.*

Langsam nahm er die Hand vom Dolch. „Ich bin Sando vom Klan der Wasserheber, und das ist Fleck. Unsere Freunde sind hinter diesen Wänden gefangen, und wir suchen einen Weg, sie zu befreien. Wenn die Xix im Innern des Baus so wild geworden sind wie ihre Genossen hier draußen, ist ihr Leben in großer Gefahr."

„Ich fürchte, das sind sie." Der Xix sah sich unbehaglich um. „Ich bin übrigens Quoxk'klaar."

Sando hob die Brauen. „Ich weiß nicht, ob ich das aussprechen kann …"

Quoxk'klaar winkte ab. „Meine Freunde nennen mich Quox." Mit wenigen Worten beschrieb er Sando, was es mit der Königlichen Aura auf sich hatte. „Ich habe die Erwachsenen noch nie so erlebt. Sie ringen mit sich, siehst du? Sie kämpfen darum, die Beherrschung zu behalten, doch einer nach dem anderen verliert den Kampf. Was als kurzer Augenblick der inneren Einkehr gedacht war, wird nun zur Katastrophe."

Allmählich begriff Sando. „Du sagtest ‚die Erwachsenen' und wirkst selbst völlig normal. Sind Kinder unempfindlich gegen die Auswirkungen, die der Verlust der Aura mit sich bringt?"

Quox breitete die Arme aus und deutete auf das Chaos ringsherum. „Das *sind* nicht die normalen Auswirkungen, klar? Normalerweise meditieren sie eine halbe Stunde lang, und dann, wenn die Aura auf die neue Königin übergegangen ist, wird alles wieder wie vorher. Aber um deine Frage zu beantworten: Auf Kinder hat der Aurawechsel tatsächlich keinen Einfluss. Deswegen dürfen wir bei der Krönungszeremonie auch nicht zuschauen, sondern müssen in unseren jeweiligen Aufzuchtgruppen bleiben, bis alles vorüber ist."

Aufzuchtgruppen?, wiederholte Sando in Gedanken. *Vermutlich so etwas wie Schulklassen.* „Und warum bist

du nicht in deiner Gruppe? Ich nehme an, die befindet sich im Inneren des Baus."

„Weil es da langweilig ist", antwortete Quox. „Und wann hat man schon mal die Möglichkeit zu verduften, weil alle Erwachsenen beschäftigt sind?"

„Du hast dich also rausgeschlichen", folgerte Sando, „um dich ein bisschen im Viertel herumzutreiben." Irgendwie erinnerte ihn der Xix an jemanden …

Quox' Insektenkopf deutete ein menschliches Nicken an. „Ich habe mich hier draußen versteckt und die Ankunft der Gäste aus den anderen Stadtvierteln beobachtet. Gerade als ich wieder zurück zur Gruppe wollte, fingen die Großen an, sich so eigenartig zu verhalten. Und kurz darauf schlossen die Wachen die Tore des Baus."

„Also bist du ausgesperrt. Genau wie wir." Sando strich dem traurig quäkenden Fleck sanft über die lange Schnauze. Irgendwo tief in seinem Innern hatte er gehofft, Quox könnte ihm helfen. Aber das war vermutlich zu viel verlangt.

„Bin ich nicht", sagte der Xix zu seiner großen Überraschung. „Ich kenne einen Weg ins Innere, der den Erwachsenen unbekannt ist. Auf ihm bin ich rausgekommen, ohne bemerkt zu werden, auf ihm werde ich auch wieder reinkommen."

„Einen Weg?" Sando stutzte. „Aber alle Tore sind verriegelt."

Irrte er sich, oder sah er da gerade ein Xix-Lächeln? „Wer redet denn von Toren? Wenn du willst, können du

57

und Fleck mich begleiten. Dann suchen wir zu dritt nach deinen Freunden und versuchen, dem rätselhaften Verhalten der Erwachsenen auf den Grund zu gehen."

Auch wenn Sando die Miene des Xix nicht deuten konnte, spürte er regelrecht, welcher Tatendrang in ihm steckte. *Es ist tatsächlich so*, dachte er amüsiert. *Der Kerl ist ein zweiter Tomrin. Einer in Insektengestalt.*

Doch als er erneut zum Bau schaute, der sich wenige Schritt vor ihnen in den Himmel reckte, überkamen ihn Zweifel. „Das Ding ist riesig und dein Volk im Moment ziemlich unberechenbar. Darin nach Tomrin und Nissa Ausschau zu halten, wird schwieriger als die Suche nach der Nadel im Heuhaufen. Schließlich wissen wir nicht, wo genau sie sich befinden. Und mit jeder Minute, die wir durch den Bau schleichen, setzen wir uns der Gefahr aus, entdeckt zu werden und den wahnsinnigen Erwachsenen zum Opfer zu fallen."

„Aber was sollen wir sonst tun? Wir müssen etwas unternehmen!" Quox wirkte traurig und ziemlich überfordert. Was mit seinem Volk geschah, machte ihm sichtlich zu schaffen.

Hatten Xix eine Familie?, fragte sich Sando. Hatten sie Eltern und Geschwister, mit denen sie lebten? Falls ja, machte Quox sich sicher große Sorgen um sie. Sando merkte erst jetzt, wie schrecklich wenig er über diese Wesen wusste, die doch in derselben Stadt wie er wohnten. „Ich glaube", sagte er zu seinem neuen Freund, „ich habe da einen Plan. Komm mit."

 58

Die Idee war ihm eben erst gekommen, aber je länger er über sie nachdachte, desto überzeugter war er von ihr. Es würde gelingen!

Vorsichtig huschten die beiden Jungen und Fleck zwischen den kleineren Bauten hindurch zurück zur Straße. Mehrfach entgingen sie nur um Haaresbreite der Entdeckung durch die Xix oder einen Wachmann der Garde. Sando war alles andere als ein Feigling, aber selbst er empfand eine gewisse Beruhigung, als er endlich die ersten Häuser des benachbarten Musenfelds vor sich sah.

„Und jetzt?", flüsterte Quox.

Sie hatten sich zu dritt in den Schatten eines großen Laubbaumes geduckt und beobachteten das Geschehen auf der Straße. Noch immer patrouillierten die Gardisten auf und ab, während zahlreiche Schaulustige den Weg säumten und das Geschehen beobachteten.

„Jetzt gehen wir zu Osrum Drachenschild", flüsterte Sando zurück. „Das ist der Leiter der Drachenschule von Bondingor."

„Drachenschule?" Quox' Kopf zuckte zurück. Seine Mandibeln klapperten hektisch. „Willst du mit Drachenfeuer ein Loch in die Wand des Baus brennen?"

Fleck schnaubte belustigt.

„Ganz und gar nicht", sagte Sando leise. „Einen feuerspeienden Drachen würde Osrum mir auch niemals ausleihen, glaube ich. Aber eine Spürechse! Wir bitten Osrum um eine Spürechse und lassen diese die Witterung von Tomrin und Nissa aufnehmen. Dann folgen wir deinem

Geheimweg, und die Echse führt uns auf direktem Weg zu unserem Ziel."

Quox wollte gerade etwas erwidern, da kam Unruhe in die Schaulustigen auf der anderen Straßenseite. Hinter ihnen, zwischen den Häusern des Musenfelds, schien sich etwas seinen Weg nach vorn zu bahnen – etwas Großes und ziemlich Lautes!

Verwirrt und erschrocken traten die Gaffer zur Seite und gaben den Blick auf eine Gruppe von Zwergen frei, die im vollen Ornat der Zwergenwehr näher kam. Sie trugen Äxte, Hämmer und allerhand andere Waffen. Vier von ihnen zogen ein rumpelndes Gefährt auf Rädern hinter sich her, in das ein schwerer Rammbock eingehängt war. Und sie kannten keine Rücksicht: Richtig grob schubsten sie und schoben sich vorwärts, bis sie die Grenze zwischen den beiden Stadtgebieten erreicht hatten.

„Halt!", schallte die Stimme des Stadtmarschalls durch die Stille, die auf den Auftritt der Zwerge gefolgt war. Hufgeklapper wurde laut, und dann tauchte Feylor von Garsting auf. Sein Pferd blähte die Nüstern auf. „Was ist Euer Begehr, Zwerge?"

„Aus dem Weg!", forderte der vorderste Zwerg schroff. Sando kannte ihn: Das war Rurzak Erzfinder, ein ehemaliger Steinmetz. „Wir sind nicht hier, um mit Menschen zu sprechen."

Von Garstings Hand glitt zum Schwertknauf. „Sondern?"

„Wegen denen!" Rurzak deutete mit ausgestrecktem Hammer in Richtung des Baus. „Diese Panzerviecher hal-

ten einige unserer Steinräte gefangen, und wir werden sie befreien, Stadtmarschall. Ob Ihr es wollt oder nicht."

„Hört, hört!", tönte es gleich darauf aus der Menge. Ein Quartett Elfen trat vor, groß gewachsene, sehnige Männer, deren weißblondes Haar in der Sonne schimmerte. Auch sie waren bewaffnet, allerdings mit Pfeil und Bogen. In ihren Blicken lag Entschlossenheit. „Elfen und Zwerge, die dasselbe Ziel verfolgen. Es geschehen noch Zeichen und Wunder."

„Der Elfenkönig wohnt der Krönungszeremonie nicht bei", rief Feylor ihnen zu.

„Das ist richtig, aber wie alle Volksgruppen der Stadt haben auch wir Abgesandte hergeschickt. Und diese wollen wir unverletzt zurückhaben. Falls die Xix sie nicht freigeben, sind wir gewillt, ihre Freiheit mit Waffengewalt einzufordern."

„Niemand greift hier zu irgendwelchen Waffen außer mir", sagte von Garsting laut. „Haben das alle gehört? Die Stadtgarde tut, was sie kann, um die Lage zu …"

„Was kann sie denn?", unterbrach Rurzak ihn. Seine Stimme war voller Spott. „Gar nichts kann sie! Seit die Xix ihre Tore geschlossen haben, hat sich hier nichts verändert. Ihr habt nichts erreicht. Im Gegenteil: Es wird von Minute zu Minute schlimmer! Die Xix greifen einander an, sie kennen sich selbst nicht mehr und fackeln ihre eigenen Bauwerke ab. Woher sollen wir wissen, dass sie nicht auch unseren ehrenwerten Volksvertretern zu Leibe rücken?"

„Ich sage, wir preschen vor!", rief jemand aus der Gruppe der Zwerge. „Wir erkämpfen ihnen freies Geleit oder rächen ihren Tod."

Köpfe nickten. Zustimmendes Gemurmel setzte ein. Die Masse, die dem Treiben bislang schweigend und mit einer gewissen Faszination beigewohnt hatte, schien gewillt, mit ins Reich der Xix einzudringen. Mit der Zwergenwehr und den Elfenkriegern an ihrer Seite traute sie sich offenbar einiges zu.

Und wer weiß, wessen Soldaten hier gleich noch auftauchen …, dachte Sando. Er hielt den Atem an. Die Situation spitzte sich dramatisch zu. Wenn Feylor die wütende Menge nicht im Zaum halten konnte, stand Bondingor ein regelrechter Bürgerkrieg bevor.

Der Stadtmarschall schien ähnliche Befürchtungen zu hegen. Ein wenig ratlos sah er sich nach seinen Männern um, die – zum Teil auf Pferden, zum Teil zu Fuß – die Straße im Auge hatten. „Ich beschwöre Euch, nehmt Vernunft an!"

„Vernunft? Dass ich nicht lache!" Rurzaks Stimme überschlug sich vor Zorn. „Sollen wir Eurer Vernunft etwa unsere Würdenträger opfern?"

Wieder ging ein Raunen der Zustimmung durch die Schaulustigen.

„Das wird übel", murmelte Sando.

Quox schien ihm mit einem Kopfwackeln recht zu geben.

„Zwergenwehr?", brüllte Rurzak Erzfinder und sah über die Schulter. „Die Äxte hoooch!"

Alle Zwerge, die nicht den Rammbock ziehen mussten, reckten den rechten Arm in die Luft. Scharf geschliffene Klingen blitzten im Sonnenlicht.

Feylor von Garsting zog kampfbereit sein Schwert.

„Stadtmarschall!", erklang plötzlich ein atemloser Ruf aus den Gassen des Xix-Gebietes. „Stadtmarschall von Garsting!"

Die Menge sah einander verwundert an. Ohne den Blick von ihr zu wenden, rief Feylor: „Wer verlangt nach ihm?"

Trappelnde Schritte kamen näher. Dann erschien plötzlich ein Xix an der Straße. Sein Panzer war in eine wallende weiße Toga gehüllt, die ihm ein würdevolles Auftreten verliehen hätte, wäre sie nicht völlig zerrissen gewesen. Überhaupt wirkte der ganze Mann – zumindest vermutete Sando der Stimme nach, dass es sich um einen Mann handelte – äußerst mitgenommen. Zwar machte er keinen wahnsinnigen Eindruck, wie so viele seines Volkes, aber seine fahrigen Bewegungen legten den Verdacht nahe, dass es nur eine Frage der Zeit war, bis auch in ihm das Chaos ausbrach.

„Ich, Stadtmarschall", antwortete der Xix und trat auf Feylor zu. Die Gardisten, die sich ihm in den Weg stellen wollten, beachtete er gar nicht. „Oberster Heiler Kla'Xrn. Ich komme aus dem Bau, um Euch dies zu überreichen." Damit zog er eine zerknitterte Schriftrolle aus den Falten seiner zerrissenen Kleidung und hielt sie dem Marschall auffordernd hin.

Feylor wirkte misstrauisch, nahm die Rolle aber und studierte sie. Dann wurden seine Augen groß. „Eine Nachricht von Baron Berun!"

Das traf die Menge unvorbereitet. Zwerge und Elfen, die Waffen in Händen, verharrten plötzlich und warteten. Unschlüssigkeit und Neugierde zeichnete sich auf ihren Mienen ab.

„Sando, was passiert hier?", flüsterte Quox.

„Ich weiß es nicht. Aber wir werden's gleich erfahren."

Feylor fuhr fort: „Er schreibt, dass es zu einem Zwischenfall bei der Krönungszeremonie gekommen ist, aber den Würdenträgern werde kein Haar gekrümmt. Sie alle seien in guter Verfassung und nicht in unmittelbarer Gefahr."

„Lüge!", rief ein Zwerg. Er blieb der einzige Zweifler.

„Wir suchen gemeinsam mit unseren Freunden, den Xix, nach einer Lösung dieser angespannten Lage", las Feylor nun vor. „Bis dahin ordne ich an, dass niemand sich dem Bau in feindlicher Absicht nähert. Ein Angriff, daran besteht für mich kein Zweifel, würde die Situation nur verschlimmern."

Die Zwerge sahen einander an, dann blickten sie zu den Elfen. Inzwischen waren sogar ein paar Minotauren erschienen, bewaffnet bis an die Stierhörner, doch auch sie schienen gewillt abzuwarten.

„Einverstanden", sagte Rurzak Erzfinder. „Wir beugen uns dem Wunsch unseres Barons. Aber nur auf Zeit, Stadtmarschall! Sollte diese Gefahr nicht bald gebannt sein, werden wir zur Tat schreiten."

Sando sah Quox an. „Das ist gerade noch mal gut gegangen."

„Aber das wird es nicht mehr lange."

Sando nickte. „Wir sollten uns beeilen. Kommst du nun
mit zu Osrum oder nicht?"

Quox blickte zurück zu den brennenden kleinen Neben-
gebäuden und dem Bau, der sie alle überragte. „Ich ginge
bis an Mintarias Grenzen, um meinem Volk zu helfen",
sagte er leise.

Trotz der ernsten Situation musste Sando schmunzeln.
„Keine Sorge, bis zur Drachenschule sind es nur ein paar
Schritte."

Kapitel 5

Ein glorreicher Plan

„Das soll dein Plan sein, Tomrin?" Hanissa blickte den Jungen entgeistert an. „Ich zaubere einfach so einen Findezauber, und damit spüren wir Zrkida auf?"

Tomrin blickte sie zufrieden grinsend an. „Was ist daran schlecht? Hast du nicht vor zwei Wochen erzählt, du hättest diesen Zauber endlich gelernt, damit wir nicht mehr auf Spürechsen oder reines Glück angewiesen sind, wenn wir etwas finden wollen?"

Das Mädchen verdrehte die Augen. „Ja, natürlich habe ich das gesagt. Aber hättest du mir bis zum Ende zugehört, wüsstest du, dass ich auch gesagt habe, man bräuchte dafür ein paar besondere Zauberzutaten, die ich mir noch in der Magischen Universität zusammenstibitzen muss. Und selbst wenn ich die Zutaten bei mir hätte, klappt so

ein Findezauber nur auf zwei Arten: Entweder man belegt einen Gegenstand mit dem Zauber, und wenn man ihn dann verliert, kann man ihn auf magischem Wege wiederfinden, oder …"

„Wie deine Geldbörse, die vom Großmagister der Magischen Universität verzaubert wurde", warf Tomrin ein. So hatten Hanissa und er sich kennengelernt: auf der Jagd nach der von einem diebischen Zwerg entwendeten Geldbörse.

„Richtig", sagte Hanissa nickend. „Aber das hilft uns hier nicht, weil auf der Königinlarve ja kein solcher Zauber liegt. Also kommen wir zum ‚Oder': Oder man wirkt den Zauber bei einem Gegenstand, der sehr wichtig für die verschwundene Person war. Hat man Glück, ist das Band zwischen den beiden so eng, dass der Gegenstand danach die Person finden kann. Das klingt schön und gut, hilft uns hier aber auch nichts, denn wir *haben* keinen Gegenstand, der eng mit Zrkida verbunden ist und uns zu ihr führen würde. Oder?" Sie schaute Tomrin fragend an.

Dieser erwiderte ihren Blick missmutig. „Soll das heißen, du kannst den Findezauber nicht einsetzen?"

„Es sei denn, wir finden die Zutaten, die ich brauche, und ein Schmusetuch oder Kuscheltier der Königinlarve", gab Hanissa zurück.

„Das war kein ‚Nein'", stellte Tomrin fest.

„Es war ein ziemlich großes ‚Eher nicht'."

„Kein ‚Nein'." Nachdenklich begann der blonde Hauptmannssohn in der kleinen Kammer, in der sie sich versteckt hielten, auf und ab zu marschieren. „Ich denke, wir sollten ein Problem nach dem anderen angehen. Zuerst versuchen wir, dieses Schmusetuch der Königinlarve in die Hände zu kriegen. Danach kümmern wir uns um deine Zutaten."

Hanissa seufzte. „Fein. Wo willst du ihr Schmusetuch suchen?"

„Natürlich in dem Raum, aus dem Zrkida entführt wurde", eröffnete ihr Tomrin. „Von mir aus auch in ihren königlichen Gemächern. Die zukünftige Herrscherin über die Xix wird doch sicher in einem besonderen Bereich gelebt haben."

„In den hineinzukommen bestimmt nicht leicht sein wird", gab Hanissa zu bedenken.

„Sicher leichter als noch vor ihrer Entführung. Jetzt suchen doch alle nach der Larve – oder sie drehen gerade durch." Tomrin zuckte mit den Schultern. „Ich weiß, dass es nicht der beste aller Pläne ist, Nissa. Aber wir müssen etwas unternehmen. Wir können nicht einfach nur herumhocken und abwarten. Oder willst du das?"

Sie schüttelte den Kopf. „Das habe ich nie gesagt. Eine Frage habe ich allerdings: Warum verschafft uns ein Findezauber deiner Meinung nach einen Vorteil? Auf die Idee werden die Xix sicher auch schon gekommen sein."

„Ha!" Tomrin hob triumphierend einen Finger. „Jetzt weiß ich mal etwas, das du nicht weißt: Die Xix sind magisch völlig unbegabt. Sie mögen großartige Heiler sein, aber es gibt keinen Einzigen unter ihnen, der Magie beherrscht. Das habe ich bei Bruder Barthian gelernt."

„Aber sie könnten sich an einen der gefangenen Zauberer wenden, die unter den Gästen der Krönungszeremonie waren", wandte Hanissa ein.

„Könnten sie", musste Tomrin zugeben. „Aber ich wette, dass sie es nicht tun werden. Dieser General Qalrx machte nicht den Eindruck, als würde er uns Menschen auch nur zwei Schritt weit trauen. Er wird den Zauberern nie erlauben, bei der Suche zu helfen, weil er bestimmt glaubt, dass sie ihn und seine Leute nur in die Irre führen wollen. Und selbst wenn … Schön für alle, wenn die Zauberer die Königinlarve vor uns finden. Dann hat dieser Spuk ein Ende. Aber falls sie Zrkida eben *nicht* finden, ist es doch gut, wenn wir auch nach ihr suchen. Denn im Augenblick sind wir die einzigen beiden im ganzen Bau, die nicht entweder eingesperrt sind oder langsam verrückt werden."

Hanissa straffte sich und schob entschlossen das Kinn vor. „Gut, dann sollten wir uns unserem ersten Problem widmen: Wie finden wir die Gemächer der Königinlarve? Es gibt hier schließlich nirgendwo Straßenschilder."

Tomrin wirkte etwas verlegen. „Äh, ich schlage vor, wir fragen einfach jemanden nach dem Weg."

„Wir fragen?" Hanissa runzelte die Stirn. In diesem Augenblick fiel ihr etwas ein, das sie bis dahin vollkommen vergessen hatte. Sie schnippte mit den Fingern. „Wir fragen! Gute Idee, Tomrin. Los, komm, ich weiß, wer uns weiterhelfen kann."

Sie wollte schon nach draußen laufen, da hielt Tomrin sie zurück. „Warte! Wir tarnen uns besser noch ein wenig. Deine roten Haare und unsere Kleider sind furchtbar auffällig. Vielleicht finden wir ein paar alte Säcke hier, die wir uns überwerfen können."

„Auch wenn du dir einen alten Sack überziehst, wirst du nicht wie ein Xix aussehen", meinte Hanissa spöttisch.

„Das nicht, aber zumindest sehe ich auch nicht mehr wie der Sohn des Stadtgardehauptmanns aus", entgegnete Tomrin. „Vielleicht hält man uns stattdessen für groß gewachsene Gnome. Zumindest fällt brauner Stoff hier im Bau weniger auf als mein Wams und dein Rock." Er fuhr mit einer Hand über den edlen Stoff seiner Ausgehkleidung.

„Du hast vielleicht recht", stimmte Hanissa ihm zu. „Dann schauen wir mal."

Die beiden begannen, die Kisten und Tonbehälter zu öffnen, die in dem Abstellraum herumstanden. Und sie hatten Glück! In einer Kiste fanden sie einen Stapel zerschlissener Wolldecken, auf denen das Emblem einer der Heilergilden eingestickt war.

„Großartig", sagte Tomrin zufrieden, während er sich eine der Decken über die Schultern legte und eine zweite wie eine Kapuze um den Kopf schlang. „Man wird uns für Patienten der Heilergilden halten, die bei all dem Durcheinander, das im Moment herrscht, verwirrt durch die Gänge wandern. Besser konnte es doch kaum kommen."

„Wollen wir's hoffen …", erwiderte Hanissa.

In die Decken gehüllt, schlüpften sie aus dem Raum zurück in den Gang. Kein Xix war zu sehen, aber von irgendwoher hallte das Trappeln von Schritten durch die Korridore, und das beunruhigende Zischen und Kreischen wahnsinnig werdender Insekten war zu hören.

„Und jetzt?", fragte Tomrin.

„Warte." Hanissa ließ ihren Blick über die rotbraunen Wände schweifen, bis sie entdeckte, wonach sie gesucht hatte. Zielstrebig lief sie auf die kleine Nische zu, die in die Wand gehauen worden war. In ihr hockte ein Käfer von der Größe einer Männerfaust. Er hatte sechs spindeldürre Beinchen, und seine eng am Körper anliegenden Flügel wiesen ein auffälliges gelb-schwarzes Gnorkelschachbrett-muster auf.

„Was ist das denn?", wollte Tomrin leise wissen.

„Ein Folomi-Käfer", antwortete Hanissa. „Die Xix halten sie sich überall, damit sie Besuchern den Weg durch das Labyrinth des Baus zeigen. Folomis sind nicht besonders schlau, aber ihr Ziel finden sie immer." Behutsam hob das Mädchen den kleinen Käfer hoch und hielt ihn sich vor das Gesicht.

Der Folomi blickte sie aus großen schwarzen Augen erwartungsvoll an. Im Gegensatz zu den Xix wirkte er vollkommen entspannt. Das Fehlen der Königlichen Aura schien ihn nicht im Mindesten zu stören.

„Wir wollen zu den Gemächern der Königinlarve", erklärte Hanissa ihm. „Bitte bring uns dorthin."

Der Folomi starrte sie noch zwei Herzschläge lang stumm an, dann drehte er sich auf ihrer Handfläche um und erhob sich brummend in die Luft. Seine flirrenden Flügel erzeugten ein gelb-schwarzes Flackern vor ihren Gesichtern, das an zwei winzige, blitzende Signallaternen erinnerte. Gleich darauf schwebte er in gemächlicher Geschwindigkeit den Gang hinunter.

„Darf der uns denn einfach so zu den Gemächern der Königinlarve führen?", wunderte Tomrin sich, während die beiden Freunde ihm nachliefen.

„Darüber macht der sich keine Gedanken", sagte Hanissa. „Ein Straßenschild kümmert es ja auch nicht, wohin es weist. Die einzige Aufgabe des Folomi-Käfers ist es, Suchende ans Ziel zu bringen. Wenn dieses Ziel ein verbotener Ort ist – von denen es ohnehin kaum welche im ganzen Bau gibt –, liegt es an den Xix, dafür zu sorgen, dass dort niemand eindringt."

„Sehr praktisch", fand Tomrin.

Während der Folomi völlig arglos durch die Gänge des Baus summte, folgten Hanissa und Tomrin ihm verstohlen, immer aufmerksam nach links und rechts und über die Schulter schauend, ob in irgendeiner Ecke vielleicht ein blindwütiger Xix hockte. Vor ihnen wurde das Zischen und Klacken lauter. Sie schienen sich direkt auf einen Kampf zuzubewegen.

„Oh, oh", murmelte Tomrin. „Das klingt nicht gut."

„Du hast recht", sagte Hanissa nickend. Sie stieß einen leisen Pfiff aus. „He, Folomi."

Der Käfer hielt an und drehte sich in der Luft auf der Stelle schwebend zu ihnen um.

„Such einen anderen Weg", befahl Hanissa ihm. „Wir wollen nicht diesen Gang hinunter."

Der Folomi schwebte ein Stück nach links. Dann schwebte er nach rechts. Er wirkte dabei irgendwie nachdenklich. Schließlich surrte er an Hanissa und Tomrin vorbei und verschwand in einem Gang zwei Schritte hinter ihnen und zu ihrer Linken.

„Er kann auch Umwege fliegen?", staunte Tomrin.

„Offensichtlich", erwiderte Hanissa zufrieden.

Sie machten auf dem Absatz kehrt und folgten dem Käfer auf Zehenspitzen. Er führte sie einen schmalen Korridor hinab und dann um einige Ecken. Zwei in lange weiße Gewänder gehüllte Xix kamen ihnen entgegen. Hanissa hielt den Atem an und drängte sich enger an die rotbraune Mauer, bereit, herumzuwirbeln und die Flucht zu ergreifen, sollte es nötig sein. Aber die Insekten beachteten Tomrin und sie gar nicht, sondern blickten mit verkniffen wirkenden Mienen auf ihre gefalteten Hände, während sie an ihnen vorbeitrippelten.

„Siehst du?", raunte Tomrin. „Dank der Decken schenkt uns keiner Aufmerksamkeit."

Direkt hinter ihnen erklang ein schrilles Kreischen, das ihnen durch Mark und Bein ging. „Menschen!", klickte es wutentbrannt.

Hanissa fuhr herum. Keine zehn Schritt hinter ihnen war ein schmächtiger Xix aufgetaucht. Sein blaues

Gewand hing wirr um den dürren Leib, und seine Facettenaugen waren weit aufgerissen.

„Folomi!", schrie Hanissa dem Käfer zu. „Schnell weg hier!"

Der Käfer rotierte in der Luft einmal um die eigene Achse, und im nächsten Moment sauste er in regelrecht halsbrecherischer Geschwindigkeit davon. Hanissa und Tomrin nahmen die Beine in die Hand und folgten ihm. Hinter ihnen wiederholte sich das Kreischen, und hektisches Getrappel setzte ein.

„Es ist nur einer!", rief Tomrin mit einem Blick über die Schulter. „Mit dem werde ich fertig."

Hanissa schüttelte entschieden den Kopf. „Wenn du den Xix verletzt, haben wir ein noch viel größeres Problem. Ich wette, die Xix würden sein Blut an dir durch den halben Bau wittern – wir hätten nur noch viel mehr von ihnen am Hals."

Der Junge verzog das Gesicht. Gleich darauf sprang er zur Seite, als sie um eine enge Kurve hetzten und dabei beinahe über einen weiteren Xix gestolpert wären, der mit zuckenden Gliedmaßen und klackenden Mandibeln am Boden hockte.

Ihr Verfolger war nicht so geistesgegenwärtig. Mit einem Aufschrei rannte er in seinen Artgenossen hinein, und dem Klacken und Klatschen nach zu urteilen, landete er mit den Kauwerkzeugen voran im Staub.

„Das ist unsere Gelegenheit, ihn abzuhängen", keuchte Tomrin. „Schneller."

Hanissa biss die Zähne zusammen und holte das Letzte aus sich heraus. Sie rannten einen kurzen Gang hinauf, dann quer durch eine kleinere Kammer und wandten sich danach an einer Kreuzung nach links, um einer spiralförmigen Rampe hinauf in den ersten Stock des Baus zu folgen. Das Gekeife ihres Verfolgers blieb hinter ihnen zurück.

„Halt, Folomi", befahl Hanissa schwer atmend, als sie das obere Ende erreicht hatten. „Ich glaube, wir sind ihn los."

Der Käfer gehorchte, und die beiden Freunde blieben einen Augenblick stehen, um zu Atem zu kommen. „Das war knapp", meinte Hanissa.

„Ach was." Tomrin winkte ab. „Wenn es ein Trupp Soldaten gewesen wäre, dann wäre es knapp gewesen. Das war doch gar nichts."

„Auch kleine Dinge können einen Plan zum Scheitern bringen", versetzte Hanissa scharf.

„Schon gut, schon gut", gab Tomrin zurück. „Es ist ja nichts passiert. Gehen wir weiter."

Auf Hanissas Anordnung flog der Folomi-Käfer gemächlich voraus. Nach nicht einmal zwanzig Schritt hielt er jedoch erneut an.

„Was ist denn nun los?", wollte Tomrin wissen.

„Wir sind da", erkannte Hanissa und deutete den Gang hinunter auf eine Öffnung. Über dem ovalen Loch in der Wand hing ein bronzenes Schild, auf das eine Krone eingeätzt worden war.

„Keine Wachen?" Misstrauisch sah sich der Junge um.

„Ich nehme an, sie suchen alle nach Zrkida", vermutete Hanissa. Sie wandte sich an den noch immer reglos in der Luft hängenden Folomi. „Danke, du kannst gehen."

Der Käfer wackelte zweimal bestätigend mit dem rundlichen Leib, drehte ab und verschwand surrend den Gang hinunter, um zu seinem Wartenest zurückzukehren.

Tomrin zog sein Schwert.

„Muss das sein?", fragte Hanissa.

„Wir haben vor, in die Gemächer der Königinlarve einzubrechen", erwiderte er. „Ich möchte nicht auf einmal von irgendwelchen übereifrigen Wachen niedergestochen werden."

„Du weißt doch, dass die Xix so etwas niemals tun würden."

„Früher vielleicht. Aber wie sieht es jetzt aus?"

Hanissa seufzte. *Jungs und ihre Spielsachen …*, dachte sie.

Vorsichtig traten sie durch die Öffnung und sahen sich um. Der Raum dahinter war leer.

„Warte kurz", flüsterte Tomrin. Er huschte zu den drei Löchern in der Wand, die in Nachbarräume führten. Zufrieden nickte er. „Niemand zu Hause", erklärte er. „Rasch. Lass uns etwas suchen, das sich für den Findezauber eignet."

Während der Junge sein Schwert zurück in die Scheide auf seinem Rücken steckte, nahm Hanissa das Zimmer genauer in Augenschein. Die lehmartigen Wände waren

glatt verputzt. Fein schimmernde orangefarbene Vorhänge zierten sie, auf denen braune Xix-Männlein verschiedene Heldentaten zu vollbringen schienen. Auf dem Boden lagen Bastmatten, die rote und gelbe Muster aufwiesen. Und von der Decke hing ein traubenartiger Leuchter aus Metall, in dem viele kleine Lichter flackerten. Das Zimmer schien eine Art Aufenthaltsraum zu sein, denn es gab einen Tisch und eigentümlich geformte Hocker, auf denen es sich die vierbeinigen Xix bequem machen konnten. Außerdem waren einige Regale in die Wand eingelassen worden, in denen Schriftrollen lagen, die Hanissa sich liebend gern näher angeschaut hätte. Leider war dies der völlig falsche Zeitpunkt dafür.

„Weißt du, was seltsam ist?", fragte Tomrin, der sich verwirrt im Kreis drehte. „Es gibt hier überhaupt keine Kampfspuren. Man sollte doch denken, dass der Entführer die Königinlarve nicht ohne Widerstand rauben konnte."

„So kurz vor der Zeremonie war sie bestimmt nicht hier, sondern in einem nicht weit von der Hauptkammer entfernten Raum", vermutete Hanissa.

„Ja, vermutlich." Der Junge machte ein fragendes Gesicht. „Und? Schon etwas Passendes entdeckt?"

Sie schüttelte den Kopf. „Hier ist nichts. Lass uns die anderen Räume durchsuchen."

Der Raum zur Linken schien der Einrichtung nach zwei Leibdienern Zrkidas zu gehören, und sie schenkten ihm keine weitere Beachtung. Das rechte Gemach war ein Bad. Bei der steinernen Badewanne, die in der Mitte des

Raums stand, gingen Hanissa regelrecht die Augen über. Soviel sie wusste, war die Königinlarve nicht größer als ein Menschenbaby, doch in diese Wanne hätte eine ganze Familie gepasst. Als sie jedoch einen Blick über den Rand warf, verflüchtigten sich ihre Badeträume. Die Wanne war voll mit dickflüssigem gelbem Gelee!

Im letzten Raum schließlich wurden sie gleich mehrfach fündig. Es handelte sich um das Schlafgemach der Königinlarve, an deren Rückwand eine schön gearbeitete Wiege stand. Tomrin durchquerte den Raum, schaute hinein und holte etwas daraus hervor.

Grinsend drehte er sich zu Hanissa um. „Schmusetuch oder Kuscheltier? Was darf es sein?", fragte er, während er ein von Kauspuren geziertes rot-violettes Tuch und einen kleinen rundlichen Stoff-Xix in die Höhe hielt.

„Beide", entschied Hanissa. „Sicher ist sicher." Sie nahm das Tuch und das Kuscheltier entgegen und steckte sie in ihre Umhängetasche, die sie immer bei sich trug. „Und jetzt verschwinden wir besser von hier, bevor uns noch jemand entdeckt."

Tomrin nickte, und sie eilten auf den Ausgang zu. Sie hatten ihn gerade passiert und wollten auf die gewundene Rampe zulaufen, als plötzlich in einem Seitengang zwei Xix-Soldaten auftauchten. Einer der beiden war außerordentlich beleibt, der andere umso dürrer. Beide umklammerten ihre Speere so fest, dass die Knöchel ihrer knotigen Hände hervortraten, und ihre Facettenaugen waren weit aufgerissen. „Ha! Wer seid ihr?", rief der Beleibte und klackte dabei mit den Mandibeln. Beide senkten die Speere und richteten die Spitzen auf Hanissa und Tomrin.

„Wir sind Freunde", beeilte Tomrin sich zu sagen. „Wir waren Gäste bei Euch während der Krönungszeremonie, und … äh …" Er stockte.

„… weil sie uns zu langweilig war, wollten wir uns ein bisschen umschauen", kam Hanissa ihm zu Hilfe. „Dabei haben wir uns verlaufen. Wir suchen den Weg zurück zur Hauptkammer. Könnt Ihr ihn uns zeigen?" Sie wollte einen Schritt auf die Rampe zu machen, doch der beleibte Xix hielt sie mit einem Speerfuchteln auf.

„Keinen Schritt weiter! Ich glaube euch kein Wort", zischte er klickend. „Ihr treibt euch hier bei den Gemächern der Königinlarve herum. Das gefällt mir gar nicht!"

Der Soldat blinzelte ein paarmal zwanghaft, und Hanissa sah, wie Geifer aus seinem kleinen Mund troff. Um seinen Kameraden war es nicht besser bestellt. Die Kerle litten wohl unter einem gehörigen Verfolgungswahn.

Drohend kamen sie einen Schritt näher. „Hände hoch und keinen Mucks, verstanden? Sonst hat euer letztes Stündlein geschlagen."

„Wartet", rief Tomrin. „Wir wollten nur …"

„Schweig, Mensch!", fauchte der Xix und stach mit seinem Speer zu.

Hanissa schrie auf.

Kapitel 6

Um Haaresbreite

Der riesige Drache fauchte. Laut hallte das Geräusch von den Mauern des Innenhofs wider. Menschen liefen um ihn herum, aufgeregt und mit vor Anstrengung verzogenen Mienen. Sonnenlicht spiegelte sich auf seinen Schuppen und ließ diese in allen Farben des Regenbogens schimmern.

„Schaffnse nich", murmelte der Kobold rechts von Sando und verschränkte die kleinen Ärmchen vor der Brust.

Sein Nebenmann, ebenfalls ein wild aussehender Kerl mit abstehenden Haaren und abenteuerlicher Kleidung, schüttelte trotzig den Kopf. „Schaffense *wohl!*"

„Nich, vergrummst noch eins. Schaffense nich, habbich gesacht."

„Was du schon sachst …"

Sando kam nicht umhin, dem ersten Kobold recht zu geben.

Der Innenhof der Drachenschule Bondingors, von der die Drachengasse ihren Namen hatte, glich an diesem Morgen einem Ameisenhaufen. Überall herrschte Betriebsamkeit. Männer liefen über den Hof und riefen einander Anweisungen zu. Drachen rumorten in ihren Käfigen. Einige offene Lastkutschen waren in einer Reihe geparkt. Offenbar standen Verschickungen von Drachen an.

In der Mitte hatte sich die bislang glücklose Gruppe von Drachenhütern versammelt, die versuchte, ihren regenbogenfarben geschuppten Schützling auf einen vergitterten Wagen zu verladen, der offenbar nicht für das Tier gedacht war. Der Drache steckte fest – ganz egal, wie sehr seine Pfleger auch an ihm zerrten und ihn schoben. Glücklicherweise war er zumindest geduldig. Selbst Osrum, der das Treiben überwachte, wirkte ziemlich ratlos. Wie üblich trug der Leiter der Drachenschule eine dunkle Lederhose und ein abgewetztes Leinenhemd unter einem ledernen Wams.

„Das passiert hier eigentlich nie", sagte Sando zu Quox. Sein Xix-Begleiter stand staunend neben ihm, den Blick auf das eigenartige Schauspiel gerichtet. „Zumindest hab ich's noch nie erlebt."

Die beiden Jungen hatten das Gelände gerade erst erreicht und waren Zeuge geworden, wie Osrums Männer einen Drachen von der Größe von GUMPS BRANDUNG auf einen Wagen bugsieren wollten. Der Käfig darauf bot eigentlich genug Platz. Einzig die Käfigtür war, so stellte sich nun immer deutlicher heraus, zu eng für das breite Tier.

„Ich sach, dassse das *nich* schaffn tun", brummte der eine Kobold beleidigt.

Normalerweise kümmerten sich die kleinen Wesen, die auf Bondingors Dächern ihren eigenen Staat gegründet hatten, nicht um das Geschehen unter ihnen. Dieses Ereignis allerdings hatte zumindest diese beiden neugierig gemacht und hergelockt. Sichtlich interessiert – und ganz schön schadenfroh – hockten sie nun auf der Mauer, die die Drachenschule von der Drachengasse trennte, und sahen zu.

„Willste wettn?", fragte der Kobold neben ihm und streckte die schmutzige Hand aus. „Gewinner mussem miesepetrigen Wasserspeier n Schlaflied singn!"

Der andere sah die Hand an, als sei ihm ein solches Körperteil völlig fremd. Dann hob er die eigene, zog lautstark die Nase hoch, spuckte zweimal herzhaft in seine Hand und schlug ein. „Abbgemacht. Kannix dafür, wenn du unbedingt Speier besingn wills, vergrummst nocheins!"

„Meinst du wirklich, euer Freund Osrum hat jetzt Zeit für uns?", fragte Quox ein wenig mutlos.

Sando hob die Schultern. „Ich hoffe es …" Ohne die Spürechse Pip, die so ziemlich jede Fährte der Welt aufnehmen und verfolgen konnte, wären sie ganz schön aufgeschmissen – und Tomrin und Hanissa gleich mit. Er trat vor. „Ähm, Osrum? Dürfen wir Euch kurz stör…"

Der grauhaarige Alte, der die Drachenschule leitete, wandte den Kopf. Er schien erst jetzt zu bemerken, wer da zu Besuch gekommen war. „Sando? Schön, dich zu sehen. Warte mal kurz, ja? Wir haben hier gerade ein kleines Problem." Als sein Blick auf Quox fiel, hob er zwar überrascht die Brauen, sagte aber nichts.

„Warten?" Sando schluckte. „Na ja, wir haben's eilig und …"

„Ja ja, schön schön", sagte Osrum so, wie man etwas sagt, wenn man dem anderen schon gar nicht mehr zuhört. Seine Aufmerksamkeit galt wieder ganz allein dem Drachen und seinen Männern. „Gunnor, du musst fester schieben! Alfried, versuch mal, den Dornenkranz am Hals nach hinten zu biegen, und zieh dann mit aller Kraft."

Alfried war ein pickliges Bürschlein, kaum mehr als ein Knappe. Er stand recht verloren im Innern des Käfigs. Die Aussicht, den riesigen Drachen, der ihm den einzigen Fluchtweg versperrte, nun auch noch am Hals zu packen, ließ ihn erbleichen. Dennoch folgte er dem Befehl seines Meisters.

„Mit dem möchte ich nicht tauschen", murmelte Quox. Es folgte eine Reihe von Klicklauten, die Sando als Kichern auffasste.

Der Straßenjunge und sein Begleiter traten zurück zur Mauer. Sie würden warten müssen, bis Osrum den Kopf frei hatte. Vorher hatten sie keine Chance.

„Schaffense immer noch nich", brummte der Kobold wieder.

„Wohl, wohl, *wohl!*", protestierte sein Gefährte heftig. „Wirste schon sehn, wirste das."

„Könnse gar nich. S Viech is viel zu dick, isses."

Quox betrachtete die Männlein in schweigendem Staunen.

„Du kommst nicht oft aus deinem Viertel heraus, oder?", vermutete Sando.

Der Xix schüttelte den chitingepanzerten Kopf. „Meine Freunde und ich spielen meist im Bau. Wenn wir überhaupt mal rausgehen, dann immer nur bis zur Grenze unseres Bereichs."

„Warum? Die Stadt ist groß – und ehrlich gesagt ziemlich toll." Als Junge, der buchstäblich auf Bondingors Straßen groß geworden war, fand Sando es erstaunlich, dass sich jemand freiwillig auf ein so kleines Gebiet beschränkte. „Ich möchte nirgendwo anders leben. Mögt ihr uns denn nicht?"

Quox sah ihn an. „Natürlich mögen wir euch. Wir … Ich weiß auch nicht. Irgendwie haben wir nie daran gedacht, auch mal andere Gegenden zu erkunden. Ziemlich blöd von uns, oder?"

„Ihr könnt jederzeit damit anfangen", sagte Sando und lächelte. Kurz überlegte er, Quox und seine Xix-Freunde in die Drachengasse 13 einzuladen, wenn alles überstanden war. Doch dann ließ er es. *Je weniger von unserem Geheimversteck wissen, desto besser.*

Inzwischen hatten Alfried, Gunnor und die anderen ihr Möglichstes getan. Selbst Osrum hatte angepackt, um das

dicke Tier durch die Käfigöffnung zu schieben. Genutzt hatte es nichts.

„Das hatte ich befürchtet", seufzte Osrum und wischte sich mit dem Hemdsärmel den Schweiß von der Stirn. „Zeit für Plan B." Mit schnellen Schritten eilte er auf die offene Tür des Hauses zu, in dem sein Arbeitszimmer untergebracht war, und verschwand hinter der Schwelle. Zwei Augenblicke später kehrte er zurück – mit einem Fremden im Schlepptau.

Es war ein Mann, der mindestens Sandos Urgroßvater hätte sein können. Er hatte weiße, buschige Augenbrauen und einen Bart, der ihm fast bis zu den Füßen reichte. An beidem hätte ein Barbier seine helle Freude gehabt. Er war in eine lange Robe gekleidet, und auf seiner nahezu kahlen Schädeldecke saß ein spitz zulaufender und mit allerhand glitzernden Sternen verzierter Hut. Unter dem Arm trug er ein dickes Buch, das tatsächlich noch älter wirkte als sein Besitzer. Der knabberte seelenruhig an einem Käsebrot.

„Ist das ein Zauberer?", fragte Quox so ehrfürchtig, als hätte er noch nie einen gesehen.

Sando nickte. Der Hut war ziemlich eindeutig. Ein Zauberer der Magischen Universität in der Drachenschule? Was hatte Osrum vor?

„Hier ist er, Magister Wyrrdänker", sagte der Alte, als er und sein Begleiter den feststeckenden Drachen erreicht hatten. „Wenn Ihr dann so nett wärt … Wir wissen leider keine andere Lösung mehr."

Der Zauberer blinzelte verwirrt und verdrückte den Rest seines Brotes. „Was? Ach, schau an. Ein Drache! Wie interessant."

Osrum atmete tief durch. Mit Magiern musste man geduldig sein. „Der Zauber, Herr Magister. Wir hatten das doch gestern besprochen."

„Was? Ach so. Natürlich." Der Spitzbärtige nahm sein Buch und blätterte darin herum, bis er einen Zauberspruch gefunden hatte. „Äh, bitte zurücktreten, die Herren. Mindestens zwölf Schritt Abstand zum Drachen, ja, ja."

Alfried wirkte alles andere als glücklich. Im Käfig waren keine zwölf Schritt mehr übrig.

„Passt schon, Alfried", brummte Osrum selbstsicher. „Keine Sorge." In seinem Blick las Sando aber deutlichen Zweifel.

Der Magister machte sich ans Werk. Fremdartig klingende Worte, die Sando nicht verstand, hallten über den Hof. Und tatsächlich: Der Drache schrumpfte!

„Heilige Makrele", stieß Sando hervor.

Quox hob erstaunt die Hände vors Insektengesicht.

Als das Tier dünn genug geworden war, stapfte es völlig unbekümmert in den Käfig. Dort nahm es sofort wieder seine eigentlichen Größe an – und ein sichtlich beruhigter Alfried trat ins Freie.

Osrum dankte seinem magisch begabten Helfer und führte ihn zum Ausgang der Drachenschule. Sando, Quox und die Kobolde verharrten in sprachlosem Staunen.

 86

Dann brummte der eine Kobold: „Gildet nich."

„Na, sicher gildet das. Drinn is drinn."

„Gildet nich, habbich gesacht!"

Der andere zog einen Schuh aus und schlug ihn dem einen über den Kopf. „Wohl, wohl, wohl!"

Sando legte Quox lachend einen Arm um die Schultern. „Komm, lass uns zu Osrum gehen, bevor die uns noch als Schiedsrichter verpflichten."

Im großen Innenhof der Drachenschule war wieder Ruhe eingekehrt. Fleck stand im warmen Sonnenschein und machte sich selig über eine Schüssel Rattenbrei her. Sando staunte, dass er bei dem Gestank überhaupt fressen konnte. Er selbst wusste nämlich nicht, was schlimmer roch: die vielen riesigen Echsenwesen, deren strenger Duft durch die offenen Fenster von Osrums Arbeitszimmer wehte, oder die Darmwinde, die Burps von sich gab. Burps war Osrums Hausdrache, ein kleines, eigensinniges Geschöpf, das in seinem Körbchen in einer Ecke des Raumes vor sich hin döste und dabei so schamlos das Zimmer verpestete, als gehörte es ihm und niemand anderem. Burps allerdings war zweifellos der Ansicht, dass das der Fall war.

„Du meine Güte", murmelte Osrum und strich sich in einer hilflosen Geste übers kurz geschorene graue Haar. Er saß hinter seinem Schreibtisch, die Jungen davor. Den Gestank schien er gar nicht zu bemerken. „Tomrin und Nissa …"

Sando nickte. „Genau deswegen sind wir hier. Wir möchten uns Pip ausleihen, um die beiden zu finden und zu retten." Er und Quox hatten dem alten Drachenzüchter, der seit Langem mit der Bande aus der Drachengasse 13 befreundet war, alles berichtet.

Osrum schien fassungslos. „Ihr allein? Das solltet ihr besser der Stadtgarde überlassen."

„Die Garde ist damit beschäftigt, rings um den Bau für Ruhe und Ordnung zu sorgen. Außerdem hat sie von Baron Berun den Befehl erhalten, den großen Xix-Bau nicht zu stürmen. Daran wird sie sich halten."

„Und ihr missachtet Beruns Befehl?", fragte Osrum skeptisch.

Sando wollte etwas erwidern, als Quox die Hand hob. „Wir sind kleiner als die Garde", sagte der junge Xix. „Und wir sind weniger. Außerdem kenne ich einen geheimen Gang ins Innere des Baus. Anders als die Soldaten, werden wir uns unbemerkt in ihm bewegen können. Vorausgesetzt, Ihr gebt uns Eure Spürechse, Herr."

„Mit Pip finden wir heraus, was genau geschehen ist", ergänzte Sando, „und teilen unser Wissen dann mit Feylor von Garsting. Jeder hat etwas davon."

Osrum seufzte. „Ich kann es euch ohnehin nicht ausreden, oder?"

Sando schüttelte den Kopf. „Ich werde nach Tomrin und Nissa suchen – so oder so."

„Also gut", sagte der Drachenzüchter. „Dann nehmt Pip mit."

Wenige Minuten später verließen die Jungen das Gelände der Drachenschule wieder – schnellen Schrittes und mit allerhand Warnungen im Gepäck. Sando war nicht ganz wohl dabei, Osrum derartige Sorgen zu bereiten. Andererseits blieb ihm nun mal nichts anderes übrig. Und Osrum hatte schon mehr als einmal erlebt, wie geschickt und mutig die Freunde aus der Drachengasse 13 brenzlige Herausforderungen meisterten.

Die Sonne stand noch hoch am Himmel. Pip, die kleine Spürechse, flog fröhlich neben Sando und Quox her, und Fleck japste vergnügt, wann immer sie die Richtung wechselte.

Der Xix betrachtete sie staunend. „Osrum und ihr seid echt befreundet?"

Sando nickte. „Ohne ihn und seine Hilfe wären wir schon so manches Mal aufgeschmissen gewesen."

„So einen Freund hätte ich auch gern", murmelte Quox.

Abermals fragte sich Sando, wie sehr sich das Leben eines Xix-Kindes wohl von seinem eigenen unterschied.

Als sie den schmalen Durchgang zwischen den Häusern 11 und 15 der Drachengasse erreichten, blieb er stehen. „Warte mal kurz, ja?", bat er Quox, verschwand in den Schatten und eilte zum unsichtbaren Haus. Dort nahm er sich kurzerhand eines von Hanissas dünnsten Zauberbüchern und steckte es sich in die Hosentasche. Schließlich benötigten sie etwas, womit Pip die Fährte seiner Freunde aufnehmen konnte.

Draußen traf er wieder auf Quox. „Gut, jetzt aber schnell zurück zum Bau."

Es dauerte einige Minuten, bis die ungleichen Freunde die Grenze zum Gebiet der Insektenwesen erreicht hatten. Abermals kostete es sie all ihr Geschick und viel Mühe, sich unbemerkt an von Garstings Wachen und den unberechenbar gewordenen Xix vorbeizuschleichen. Insbesondere Fleck schien Pips Anwesenheit dazu anzustacheln, sich albern zu benehmen. Sando musste ihn mehrfach zur Ordnung rufen.

Dann waren sie am Bau. Groß und majestätisch ragte der riesige Hügel vor ihnen in den Himmel. Nichts hatte sich verändert: Das Tor war nach wie vor geschlossen.

„Du kennst den Weg?", wollte Sando wissen.

Quox nickte. „Hier lang."

Gemeinsam schlichen sie weiter. Nachdem sie den Bau fast zur Hälfte umrundet hatten, erreichten sie eine Stelle, vor der Quox in die Hocke ging.

„Hier ist es", sagte er leise.

Wie nahezu überall säumten Steine, Grasbüschel und Lehmklumpen den Rand des imposanten Bauwerks. In Sandos Augen sahen alle Steine gleich aus, doch Quox griff zielstrebig nach einem der größeren und begann, ihn zur Seite zu schieben.

„Warte, ich helfe dir", sagte der Straßenjunge und packte mit an.

Zu zweit schafften sie es recht schnell, den Stein etwas wegzurollen. Dahinter zeigte sich eine Öffnung in der

Außenwand des Baus – gerade groß genug, dass sich eine schlanke Person hineinzwängen konnte. Die Öffnung war stockfinster.

Quox musste Sandos fragender Blick nicht entgangen sein. „Sieht enger aus, als es ist. Zwei, drei Manneslängen weiter hinten wird der Weg schon breiter. Und er führt direkt ins Innere des Baus."

„So bist du rausgekommen?"

Der junge Xix nickte und sah sich unruhig um. Beobachtete sie auch niemand? „Du kriechst mit Fleck vor, ich folge dir."

„Moment noch", bat Sando. Er zog das Büchlein aus der Tasche und hielt es Pip vor die Schnauze. „Hanissa", sagte er dabei. „Riechst du sie? Kannst du ihre Witterung aufnehmen?" Pip flatterte vergnügt mit den Flügeln. Sando beschloss, das als ein Ja zu betrachten. „Dann mal los. Du fliegst voran, Pip. Wir kommen hinterher."

Gesagt, getan. Unter Pips Führung zwängten sie sich durch die enge Öffnung in der Wand – und fanden sich umgehend in fast völliger Finsternis wieder. Die Luft roch abgestanden und nach kalter Erde. Quox, der das Schlusslicht ihrer Kette bildete, zog den Stein wieder vor die Öffnung. Niemand sollte den Weg entdecken.

„Wir hätten eine Laterne mitnehmen sollen", brummte Sando, tastete sich vorsichtig vor und stieß sich den Kopf an einer Wurzel. „So sehe ich kaum Pip vor meinen Augen."

„Keine Sorge, da vorn wird's schon heller", erwiderte Quox leise. „Aber … geht's deinem Drachen nicht gut?"

Sando zuckte zusammen. Schnell wandte er den Kopf und blickte hinter sich. Fleck! Der kleine Drache zitterte am ganzen Körper. *Komm mir jetzt bloß nicht auf dumme Ideen ...* „Hast du gehört, Fleck?", fragte er und bemühte sich um einen besonders freundlichen Tonfall. „Nur ein paar Schritt, dann wird es wieder hell. Du brauchst keine Angst zu haben."

Die Worte zeigten Wirkung, Fleck fing sich wieder. Sando atmete auf. Eine Begegnung mit dem Nachtfresser – noch dazu in dieser Enge – wäre so ziemlich das Letzte, was sie im Moment brauchten.

„Was macht er denn, wenn er Angst hat?" Quox klang ein wenig verunsichert. „Feuer spucken?"

„Das wäre noch halbwegs sinnvoll ...", antwortete Sando seufzend. Dann folgte er wieder der Spürechse.

Pip machte ihrem Ruf mal wieder alle Ehre. Scheinbar mühelos und mit sichtlicher Freude leitete sie die zwei Jungen und Fleck durch den furchtbar engen Gang und ins Innere des Xix-Baus. Dieser wirkte von innen noch gewaltiger als von außen. Ein schier undurchschaubares Gewirr von Gängen und Kreuzungen erwartete die Freunde. Allein hätten sich Sando und Fleck nie zurechtgefunden. Ganz vorsichtig und leise schlichen sie die Wege entlang, die Pip ihnen wies, duckten sich in Wandvorsprünge, wann immer sich jemand näherte, und eilten voran. Dabei war ihnen Quox' Ortskenntnis von unschätzbarem Wert. Sando staunte, dass sich hier überhaupt jemand auskannte; dem jungen Xix allerdings schien der Bau ebenso vertraut zu sein wie Sando das Hafenviertel.

Im Bau war es überraschend ruhig. Zwar drang gelegentlich wildes Gebrüll an Sandos Ohren, doch kam es stets aus einiger Entfernung und war nie von Dauer. Vielleicht, so dachte er, kam es ihm auch nur so ruhig vor, weil Quox Pip immer wieder stoppte, wenn die Spürechse zu belebte Ecken ansteuerte. Sando war das nur recht. Je weniger Leuten sie begegneten, desto besser waren ihre Aussichten, Tomrin, Hanissa und die anderen unentdeckt zu erreichen. *Hoffentlich geht es ihnen gut.* Er schluckte trocken.

Es dauerte eine gefühlte Ewigkeit, bis Pip endlich langsamer wurde. Schließlich hielt sie sogar an und flatterte auf der Stelle.

„Hier müssen sie irgendwo sein", flüsterte Sando und spitzte die Ohren.

Die Spürechse hatte sie an eine Weggabelung irgendwo im ersten Stock des Baus geführt, von der drei schmale Wege abgingen.

„Das kann nicht sein", raunte Quox. „Rechts und links gelangen wir zurück zur Hauptkammer, um die wir gerade erst herumgeschlichen sind. Da werden deine Freunde nicht sein. Geradeaus sind sie aber noch weniger, da kämen wir nämlich direkt ins …"

Sando hob die Hand. War da nicht ein Geräusch? Tatsächlich – im mittleren Gang!

Da spricht doch jemand in Menschensprache, dachte er. Vorsichtig schlich er näher.

„Keinen Schritt weiter! Ich glaube euch kein Wort“, zischte es vor ihnen. Unverkennbare Klicklaute begleiteten die Worte und wiesen den Sprecher als Xix aus. „Ihr treibt euch hier bei den Gemächern der Königinlarve herum. Das gefällt mir gar nicht! Hände hoch und keinen Mucks, verstanden? Sonst hat euer letztes Stündlein geschlagen.“ Dem wahnsinnigen Gurgeln nach zu urteilen, das auf jeden Satz folgte, musste der Xix arg um seine Beherrschung kämpfen.

„Wartet“, rief Tomrin. „Wir wollten nur …“

Nun fauchte der Xix regelrecht. „Schweig, Mensch!“

Tomrin keuchte. Hanissas Schrei hallte von den Wänden wider.

„Los!“, raunte Sando. „Wir müssen ihnen helfen!“

Quox nickte, und gemeinsam stürmten sie los. Keinen Augenblick zu spät, wie sich schon hinter der nächsten Wegbiegung zeigte. Tomrin und Hanissa standen Rücken an Rücken in der Mitte des Ganges, kurz vor einer abwärts führenden Rampe, und zwei Xix-Soldaten hielten sie mit speerähnlichen Waffen in Schach. Einer der Soldaten neigte zur Körperfülle, wohingegen der zweite umso dürrer war. Beiden zu eigen waren allerdings ein wütendes Funkeln in ihren Facettenaugen und ein wildes Zucken ihrer Mandibeln. Auch ihre Waffen zuckten. Der Dicke hatte mit seinem Speer offenbar soeben nach Tomrin gestochen und diesen nur knapp verfehlt!

Sando zögerte nicht. Mit einem gewagten Sprung stürzte er sich auf den Schurken und riss ihn von den Beinen.

Die Überraschung des Mannes nutzend, zwang er ihm die Waffe aus der Hand. Doch der Xix fing sich erstaunlich schnell und schlug mit seinen langen Armen nach ihm.

Dann war Tomrin herbei. Ohne ein Wort zu verlieren, eilte er Sando zu Hilfe, ergriff die Arme des Insektenwesens und hielt sie fest.

„Alles in Ordnung?", fragte Sando. Er rieb sich die Wange, denn ein Hieb des Soldaten hatte ihn getroffen und eine blutende Schramme hinterlassen.

„Jetzt ja", antwortete Tomrin und grunzte angestrengt. Gemeinsam konnten sie den Xix gerade so am Boden halten. Lange würde ihnen das aber nicht gelingen, denn der Insektenmann wehrte sich nach Kräften. „Und was machen wir jetzt?"

Sando sah sich um. So weit hatte er gar nicht gedacht.

Quox, Hanissa und Fleck hatten derweil den schmächtigeren Xix überrumpelt. Quox und der Drache hielten ihn in Schach, während sich Hanissa abwandte. Obwohl sie vor Anstrengung schwitzte und schwer atmete, zwinkerte sie Sando zu.

„Keine Sorge, Jungs", stieß sie hervor. „Ich hab da was." Dann griff sie in den Beutel, den sie an der Hüfte trug, zog einen kleinen Gegenstand hervor und schleuderte ihn mit aller Kraft zu Boden.

Sofort stiegen dichte weiße Rauchwolken auf. Zwei Augenblicke später sah Sando die Hand nicht mehr vor Augen. *Ein Nebelzauber?*

„Flieht, Jungs!", drang Hanissas Stimme an sein Ohr. „Lauft, so schnell ihr könnt!"

Just als er sich fragte, wo denn der Ausgang sei, ergriff plötzlich eine warme Mädchenhand die seine und zerrte ihn mit sich in die weißen Schwaden.

Kapitel 7

Zurück zu Plan A

Wo war rechts, wo war links? Sando wusste es nicht mehr. Er wusste nur, dass er fliehen musste – und zwar so schnell er konnte! Hanissas Hand in der seinen war die letzte Verbindung zur Welt, wie er sie kannte. Er hielt sie fest und stolperte eher vorwärts, als dass er lief. Wie sich Hanissa in diesem Nebel wohl orientieren mochte?

Je weiter sie kamen, desto mehr lichteten sich die eben noch so dichten Schwaden. Sando schaute sich um und sah in die wachen, angespannten Gesichter seiner Begleiter. Auch sie rannten, was ihre Beine hergaben, während hinter ihnen die wütenden Stimmen der überrumpelten Xix leiser wurden.

„Geschafft", keuchte Tomrin schließlich und lehnte sich an eine Wand.

„Haben wir sie wirklich abgehängt?", fragte Sando unsicher.

Quox nickte ihm zu. „Haben wir. Ich kenne mich aus. Hierher verirrt sich kaum mal einer der Erwachsenen. Wir sollten fürs Erste sicher sein."

So war das also, dachte der Straßenjunge: Nicht Hanissa hatte den Weg aus dem Nebel gewusst, sondern Quox. Darauf hätte er auch selbst kommen können.

„Danke für die Rettung in letzter Sekunde", sagte Hanissa zu Sando. Ihre Wangen waren gerötet. „Aber was machst du überhaupt hier?"

„Und wie bist du hier reingekommen?", fügte Tomrin hinzu.

Sando stellte zunächst Quox vor und berichtete, was sich vor den Toren des Baus abspielte. Dann kam er auf den Besuch bei Osrum und auf Pip zu sprechen, die gewohnt sorglos um ihn herflatterte.

„Pip!", stieß Hanissa aus. „Dich sehe ich ja jetzt erst." Ein Lächeln erhellte ihre Züge.

Mit wenigen Worten beschrieben sie und Tomrin, was sie im Reich der Xix bislang erlebt hatten. Sando lief ein Schauer über den Rücken, als er ihnen zuhörte. Die Idee mit dem Findezauber fand er jedoch großartig. „Legen wir los", sagte er. „Wir haben keine Zeit zu verlieren. Bekommst du die Zutaten hier oder musst du dafür draußen in der Stadt einkaufen?"

„Ich müsste wohl in die Magische Universität", antwortete Hanissa. „Aber …"

„Da können wir helfen", unterbrach Quox sie. „Sando, Fleck, Pip und ich kennen da einen Geheimgang, der uns unbemerkt ins Freie bringt."

„Aber wir ...", versuchte es Hanissa erneut.

„Womit auch deine Frage beantwortet wäre, Tomrin", wandte sich Sando an seinen Freund.

„Dann nichts wie hin", sagte Tomrin tatendurstig.

„He!", rief das Mädchen zornig und stampfte mit dem Fuß auf. „Jetzt hört mir doch mal zu, Jungs. Wir können uns den Weg nach draußen sparen. Wir haben doch Pip. Was brauchen wir einen Findezauber, wenn eine Spürechse zu unserer Gruppe gehört? Die können doch selbst im dicksten Gerüchemischmasch noch einen einzelnen Duft herausfiltern." Sie griff in ihre Rocktasche und zog Schmusetuch und Kuscheltier der Königinlarve hervor. „Hier, Kleines. Kannst du die neue Königin für uns wittern?"

Pip war so entzückt, schon wieder helfen zu dürfen, dass sie erst einen Salto flog, bevor sie sich den beiden Gegenständen widmete. Eifrig beschnupperte sie sie. Dann sah sie auf und flog eine Runde durch den leeren engen Raum, in dem die Freunde Zuflucht gefunden hatten. Doch als sie schließlich zu ihnen zurückkehrte, ließ sie die Flügel hängen.

Tomrin runzelte die Stirn, und auch Sando war verwirrt. „Was hat sie denn?"

Quox legte den Kopf schief und sah Pip an. „Vielleicht die Nase voll?"

„Wie meinst du das?", wollte Hanissa wissen.

„Wir Xix stoßen, wenn wir wütend sind, unglaublich starke Duftstoffe aus. Ich fürchte, dass es Pip unmöglich geworden ist, einen einzelnen Xix herauszuriechen."

Tomrin nickte langsam. „Pip riecht die Larve nicht, weil sie schlicht *zu viele* Xix riecht."

„So ist es."

Sando sah betrübt zu Boden. „So viel zum einfachsten Weg", brummte er. „Also müssen wir zurück zu Plan A: dem Findezauber."

„Wie viel Zeit bleibt uns denn noch, um Zrkida zu finden?", wollte Tomrin wissen. „Falls wir versagen …" Er musste den Satz nicht beenden. Sie alle wussten, was dann geschehen würde. Sie hatten es eben erst gesehen – im wahnsinnigen Blick der Xix-Soldaten.

„Ich schätze, nur noch etwa fünf Stunden", antwortete Sando. „Als wir in den Geheimgang gestiegen sind, habe ich noch kurz den Sonnenstand überprüft. Da waren knapp vier Stunden verstrichen, seit ich von den Ereignissen im Bau erfahren hatte."

„Dann rasch", drängte Hanissa. „Der Umweg über die Magische Universität wird uns einiges an Zeit kosten."

Zeit, die wir eigentlich nicht haben, dachte Sando düster und schluckte.

„Oh, nein! Nein, oh, nein, bitte nicht!"

Quox stürzte vor und ließ sich an der Wand zu Boden fallen. Er wirkte fassungslos.

„Was ist denn?", fragte Hanissa besorgt.

Es war Sando, der auf ihre Frage antwortete. „Der Geheimgang ... Er ist fort!"

„Fort?", stieß Tomrin ungläubig hervor.

Fleck war inzwischen zu Quox getreten und stupste ihn mit der Schnauze an – eine Geste, die, wie Hanissa wusste, tröstend gemeint war.

„Na, weg", erklärte Sando. „So, wie es aussieht, hat ihn jemand zugeschüttet." Er ging neben dem jungen Xix in die Knie und begann, mit bloßen Händen im lehmartigen Baustoff der Wand zu wühlen. „Genau hier war nämlich der Eingang."

Hanissa riss die Augen auf. Die Wand sah aus wie jede andere. Nichts deutete darauf hin, dass man sich hier ins Freie schleichen konnte. „Seid ihr sicher, nicht irgendwo falsch abgebogen zu sein?"

„Absolut sicher." Quox nickte traurig. „Ich kenne den Gang schon lange und weiß genau, wo wir sind. Irgendjemand muss das Loch in der Wand entdeckt haben, während wir im Innern des Baus unterwegs waren. Und dann hat er es zugeschüttet."

„Aber wie kann jemand in so kurzer Zeit ein Loch so spurlos verschwinden lassen?", fragte Hanissa zweifelnd.

„Unsere Arbeiter können das", erklärte Quox. „Sie haben den Bau in wenigen Wochen errichtet. Sie sind unglaublich schnell und eifrig, wenn sie ein Ziel haben."

„Und wieso gerade jetzt?", wollte Hanissa wissen. „Was ist das denn für ein verrückter Zufall?"

„Es ist kein Zufall", meinte Tomrin. „Dafür ist sicher General Qalrx verantwortlich. Er war so scharf darauf, den Bau völlig abzuriegeln, dass er Patrouillen losgeschickt haben muss, um nach Schlupflöchern zu suchen. Damit genau das, was wir vorhatten, nicht passiert."

Damit niemand flieht! Hanissa seufzte. Ohne Geheimgang blieb die Magische Universität mit ihren Vorräten unerreichbar.

Sando grub noch immer, doch kein Gang tauchte auf.

„Warte, ich helfe dir." Tomrin hockte sich neben ihn und buddelte mit.

Auch Quox und Hanissa schlossen sich an. Nach einigen Minuten gaben sie jedoch alle auf – das ganze Unterfangen hatte ihnen nur schmutzige Hände eingebracht. Der Gang war unwiederbringlich zugeschüttet. Und mit jeder Minute, die sie vor ihm herumhockten, wuchs die Gefahr, von den Wahnsinnigen entdeckt zu werden.

„Es hilft nichts", erkannte Quox missmutig. „Wir müssen weg von hier. Kommt."

Er hatte recht, das wusste Hanissa. Dennoch folgte sie ihm nur widerwillig.

„Sieht so aus, als wären wir jetzt *alle* eingesperrt", gab Sando brummend von sich und trat nach einem kleinen Stein auf dem Weg vor ihm. „Großartig …"

„Und die Zeit läuft", fügte Tomrin düster hinzu. „Keine fünf Stunden mehr, und die Königliche Aura ist dahin. Dann bleiben die Xix so verrückt und unberechenbar, wie sie es jetzt sind."

Die Freunde bogen gerade um eine Kurve, und wie um seine Worte zu unterstreichen, lag plötzlich ein Toter in ihrem Weg. Es war ein Xix, groß und dürr. Seine leichenstarren Hände waren zu Klauen verkrampft, und auf seinen Zügen, die sich nie wieder bewegen würden, lag blanke Wut.

Hanissa und die anderen passierten ihn schweigend. Sie wussten alle, wie ernst die Lage war. Wem nützte es, das auch noch auszusprechen? Obwohl sie es nicht wollte, konnte Hanissa nicht anders, als ständig zu dem Toten hinzusehen. War das die Zukunft der Xix? Ein gewaltsames, qualvolles Ende? Und was wurde dann aus ihr und ihren Freunden, aus Tomrins Vater, Baron Berun und den anderen Würdenträgern? Würden sie auch sterben?

Nicht, wenn ich es irgendwie verhindern kann!, dachte sie entschlossener denn je. „Was braucht man für einen Findezauber?"

„Wie bitte?", fragte Quox, der neben ihr ging und ständig nach drohenden Gefahren Ausschau hielt.

Hanissa blinzelte überrascht. „Oh, verzeih. Ich habe wohl laut gedacht."

„Und woran denkst du?"

„Daran, zu handeln. Daran, wie man einen Findezauber wirkt." *Konzentriere dich*, rief sie sich innerlich zur Ordnung. *Du hast das alles ganz genau studiert. Also erinnere dich!* Welche Zutaten waren nötig, um diese besondere Art von Magie zu vollbringen? Ließen sie sich vielleicht auch im Inneren einer Xix-Behausung finden? Das war höchst unwahrscheinlich – aber war es deswegen etwa keinen Versuch wert?

Nachdem Quox sie in ein Versteck geführt hatte, in dem sie in nächster Zeit hoffentlich nicht entdeckt werden würden, erklärte Hanissa den anderen, was ihr durch den Kopf ging. Dabei ruhte ihr Blick auf dem jungen Xix. „Ich brauche deine Hilfe, Quox", sagte sie. „Du kennst dich im Bau doch so gut aus. Weißt du vielleicht, ob hier irgendwo magische Zutaten lagern?"

Er schüttelte den Kopf. „Bedaure, aber wir Xix sind magisch völlig unbegabt und …"

„Ich weiß", unterbrach sie ihn. „So meinte ich das auch nicht. Nicht die Zutaten selbst sind magisch. Sie können aber einen magischen Effekt haben, wenn sie von einer geschulten Person richtig angewendet werden."

Tomrins Züge hellten sich auf. „Großartige Idee. Was brauchst du, Nissa?"

„Auf jeden Fall starken Alkohol, zum Mischen der anderen Zutaten. Feuergeist wäre gut."

„Du brauchst einen Feuergeist?", fragte Quox verwirrt.

„Nein, keinen echten Geist", beruhigte ihn Hanissa. „So heißt ein rötliches Getränk, das bei uns im Vielvölkerviertel gebrannt wird. Die Zauberer in der Magischen Universität trinken es gern nach dem Abendessen. Es enthält so viel Alkohol, dass es sogar brennt, wenn man es anzündet – ich nehme an, daher kommt der Name."

„Die Erwachsenen bei uns trinken eigentlich nur Honigwein. Von Feuergeist habe ich noch nie gehört. Aber in

den Hallen der Heilung – unseren Behandlungsräumen – gibt es starken Alkohol zum Reinigen von Wunden. Vielleicht brennt der auch." Quox zuckte mit den gepanzerten Schultern.

Hanissa nickte zufrieden. *Ein Treffer ist besser als keiner*, dachte sie und fuhr mit ihrer Aufzählung fort. „Wie sieht es mit Verliermeinnicht-Tinktur aus? Sie ist sehr wichtig für den Sud, aus dem der Zauber gewirkt wird."

„Verliermeinnicht-Was?", platzte es aus Sando heraus. „Es gibt tatsächlich etwas, das *so* heißt?" Er lachte und schüttelte ungläubig den Kopf.

Pip, die auf seiner Schulter saß und sich an ihn schmiegte, piepste fröhlich. Sie konnte ihn unmöglich verstanden haben, aber wenn er lachte, wollte sie ganz offensichtlich auch lachen. Die Echse hatte schon seit Langem einen Narren an Sando gefressen.

„Gibt es", sagte Quox und nickte Hanissa zu. „Ebenfalls in den Hallen. Unsere Heiler nutzen diese Tinktur, um Wesen zu helfen, deren Gedächtnis wegen ihres Alters oder einer Verletzung nicht mehr das Beste ist."

„Eisenpulver?", fragte sie weiter. „Seine Magnetkraft macht es so wertvoll für Magier."

„Hallen der Heilung", erwiderte Quox schlicht. Irrte sie sich, oder sah sie da ein Xix-Lächeln auf seinem fremdartigen Gesicht?

„Diese Hallen sind ja die reinste Alchemistenküche", staunte Tomrin. Vorsichtige Hoffnung sprach aus seinen Worten. „Schnell, Nissa, wie lautet die nächste Zutat?"

Genau da lag das Problem, das Ende ihrer überraschenden Glückssträhne. Denn Lebereisenerz hatten die Xix bestimmt nicht vorrätig. Ihres Wissens besaß es keinerlei medizinischen Wert.

Quox verstand zunächst nicht, was sie meinte, als sie es ihm nannte. Erst nachdem sie ihm erklärt hatte, was diese besondere Erzsorte überhaupt war, begriff er. Den Klicklauten nach zu urteilen, die er anschließend von sich gab, erkannte er die Schwierigkeit.

„Ach, du meinst Schwefelkies! Du wirst lachen, aber den gibt es hier tatsächlich", sagte er jedoch – und die Freunde aus der Drachengasse starrten ihn verblüfft an. „Nur nennen und nutzen wir ihn ganz anders als ihr Menschen. Wir mischen Bröckchen davon in streng abgemessenen Mengen unter das Essen unserer Larven. Jedes Xix-Kind kennt das Zeug. Es schmeckt ekelhaft, aber man sagt, es sei gesund und gut fürs Wachstum."

„Aber nur bei Xix", warf Sando ein. „Meine Verwandten sind Zwerge. Ich kenne Erze. Die sind nicht essbar!"

Hanissa winkte ab. Für seine Zwergenweisheiten fehlte ihnen die Zeit. „Wo finden wir es?", fragte sie Quox.

Der ließ die langen Arme sinken. „Gar nicht. Kaum etwas wird im Bau besser bewacht als die Speisezutaten der Larven. Tut mir leid, aber an rohen Schwefelkies werden wir nie und nimmer herankommen. Ganz egal, was wir uns ausdenken."

„Rohen", wiederholte Tomrin. Er sah Quox an, als sei ihm gerade ein Einfall gekommen. „Du sagtest ‚rohen

 106

Kies'. Was ist denn mit dem, der bereits in das Larvenfutter gemischt wurde? Können wir ihn da nicht einfach wieder rausholen?"

Quox sah ihn an, als habe er den Verstand verloren. „Du sprichst vom Gnädigen Gelee! Ich wüsste nicht, dass schon einmal jemand da wieder etwas herausgefiltert hätte."

Tomrin grinste frech. „Es war ja auch bisher kein von Wiesenstein bei euch, richtig?"

Moment mal! Gnädiges Gelee? Hanissas Gedanken überschlugen sich. „Vorhin im Gemach von Zrkida sind wir doch auf diese eigenartige Badewanne voll gelbem dickem Gelee gestoßen. Ist das dieses Zeug, von dem du sprichst, Quox?"

Der Xix-Junge nickte und schüttelte gleich darauf den Kopf. „Ja, aber die Königinlarve bekommt besondere Nahrung. Darin befindet sich was Besseres als Schwefelkies. Der ist fürs gewöhnliche Volk. Nein, Gnädiges Gelee findet man nur in den Brutkammern."

„Dann müssen wir dorthin", entschied Hanissa. „Wir besorgen uns ein paar Eimer Gelee, streichen es durch ein Sieb und sammeln so die nötige Menge Erz zusammen."

Quox' Facettenaugen wurden immer größer. „*Ihr* habt Ideen …", murmelte er, nickte aber.

Damit war auch dieser Posten auf Hanissas Liste fürs Erste abgehakt. Blieb noch ein letzter. „Zutat Nummer fünf", sagte sie leise und sah in Sandos Richtung – besser gesagt zu Pip auf dessen Schulter. „Spürechsenspeichel."

Das kleine Tier aus Bellurien hob den Kopf und sah sie an. Obwohl es den Inhalt ihrer Worte nicht verstanden haben konnte, wusste es offenkundig genau, dass von ihm die Rede war.

„Ist das dein Ernst?" Sando verzog das Gesicht. „Spucke? Von einer Echse?"

„Eigentlich würde ich etwas weitaus weniger Ekliges nehmen", sagte Hanissa. „Aber das gibt es *wirklich* nur bei Magiern. Ich hoffe allerdings, dass ich die Wirkung auch mit der Spucke einer Spürechse erzielen kann." Sie war näher getreten und sah Pip freundlich an. „Na, du? Machst du mal dein Mäulchen für mich auf?"

Das kleine Flatterwesen wandte so entschieden den Kopf ab, dass für Hanissa kein Zweifel mehr bestand: *Die versteht jedes Wort.* Na gut, dann würde es eben anders gehen müssen. „Komm schon, Pippilein. Nur ganz kurz. Ich tu dir auch nichts."

Pip rührte sich nicht. Stur und stoisch harrte sie auf Sandos Schulter aus. Als Hanissa die Hand nach ihr ausstreckte, breitete sie sogar die Flügel aus und schwirrte davon.

„So ein Mist!", seufzte Hanissa. „Wir brauchen ihre Hilfe, und sie verzieht sich."

„Das kann noch heiter werden", murmelte Tomrin. Er sah zu Pip, die in wildem Zickzack durch den Raum flatterte. „Die will nicht."

„Die *muss*", sagte Hanissa fest. Dann lief sie mit hoch erhobenen Händen der kleinen Echse nach.

Sando und die anderen taten es ihr gleich. Zu viert sprangen die Freunde durch ihr Versteck, doch wann immer sie glaubten, Pip eingekreist zu haben, änderte diese im letzten Moment ihren Kurs und entging so den ins Leere packenden Händen.

Sando fluchte unterdrückt, als das flinke Drachentier ihm ein weiteres Mal entwischte. „Gibt's noch einen Plan C?", fragte er mürrisch.

Hanissa schüttelte den Kopf. „Wenn wir nicht alle fünf Zutaten zusammen bekommen, ist der Findezauber nicht durchführbar. Dann sind wir alle verloren, denn ich fürchte, die Xix selbst sind längst zu wirr, als dass sie noch nach dem Entführer von Zrkida suchen könnten."

Quox seufzte schwer. Er hatte Pip in die Ecke des Raumes gedrängt und näherte sich ihr langsam mit ausgebreiteten Armen, doch als er keine zwei Handbreit mehr von ihr entfernt war, tauchte die Echse mit spielerischer Leichtigkeit unter seiner Achsel hindurch und stieg bis zur Zimmerdecke hoch. Dort verharrte sie.

„Großartig", keuchte Tomrin. „Einfach großartig. Das Schicksal der Xix steht auf dem Spiel, und wir scheitern an einer störrischen Echse, die das hier alles für einen Spaß hält. Was jetzt? Machen wir eine Räuberleiter und versuchen, Pip da oben zu erwischen?"

Ein plötzlicher quäkender Laut ließ ihn und die anderen herumfahren. Fleck, den sie gar nicht mehr beachtet hatten, seit diese wahnwitzige Verfolgungsjagd losgegangen war, stand an der Wand des Verstecks und schaute zu seinen Freunden. Irrten sie sich, oder wirkte er regelrecht gelangweilt? Unter ihren fragenden Blicken stapfte er nun jedenfalls in die Raumesmitte – genau dorthin, wo Pip unter der Decke flog.

„Was wird *das* denn?", wunderte sich Sando.

Hanissa winkte ab. „Lass ihn mal", bat sie leise. Irgendwie hatte sie ein seltsames Gefühl.

Fleck sah nach oben und quäkte abermals. Es klang nun lauter als gerade eben, bestimmter. Und es zeigte überraschende Wirkung! Wie aufs Kommando ließ Pip sich fallen. Kurz über Flecks ausgestreckter Klaue breitete sie die Flügel wieder aus, bremste ihren Sturz ab und landete graziös darauf. Dann streckte sie Hanissa ihren kleinen Kopf entgegen und öffnete das Maul. Bedien dich, schien sie zu sagen.

„Ich fass es nicht", murmelte Quox. „Da laufen wir dem Vieh eine halbe Ewigkeit hinterher, und alles, was es brauchte, war das Quäken eines Drachens."

Hanissa wusste selbst nicht, ob sie lachen oder schimpfen sollte. „Es gibt eine Sache, die wohl für alle kleinen Drachen in ganz Mintaria gilt", sagte sie leise, den Blick auf Pip und den geduldig ausharrenden Fleck gerichtet. „Wenn sie spielen wollen, wollen sie spielen."

„Oh ja", brummte Tomrin.

Hanissa nahm das Tuch der Königin und trat damit auf Pip zu.

„Und jetzt?", wollte Quox wissen. „Zutat eins wäre gesichert. Wohin gehen wir als Nächstes?"

 110

„Da die Zeit drängt, schlage ich vor, wir trennen uns",
antwortete Tomrin. „Eine Gruppe geht in die Hallen der
Heilung, die zweite sucht nach dem Gnädigen Gelee, von
dem du berichtet hast, Quox."

„Dann schließe ich mich der ersten an", sagte dieser.
„Der Weg zu den Hallen ist weit schwerer zu beschrei-
ben als der zu den Brutkammern. Oder ihr nehmt einen
Folomi."

„Da ich die Hände schon voll Schleim habe, Jungs",
sagte Hanissa und zwinkerte Tomrin zu, „seid doch so nett
und holt den von der anderen Sorte."

Kapitel 8

Die Hallen der Heilung

„Alkohol, Verliermeinnicht-Tinktur und Eisenpulver. Alkohol, Verliermeinnicht…" Hanissa hielt inne und zwang sich zur Ruhe. Sie würde schon nichts von dem vergessen, was sie für den Findezauber brauchte.

Sie befanden sich auf dem Weg hinauf in die dritte Ebene des Baus, die zusammen mit den Ebenen vier und fünf einen Großteil der verschiedenen Hallen der Heilung beherbergte. Laut Quox gab es mehr als zwei Dutzend unterschiedliche Heilergilden, die im Bau ihre Dienste anboten. Jede von ihnen war auf einem bestimmten Gebiet der Heilung besonders bewandert. Der junge Xix hatte vorgeschlagen, ihre Suche nach den Zutaten für den Findezauber bei der Gilde der Weißen Pillendreher zu beginnen, weil diese vor allem für die Herstellung von Arzneien für Wehwehchen aller Art verantwortlich war. Hanissa vertraute darauf, dass er wusste, wovon er sprach.

Zusammen mit Fleck huschten das Mädchen und der Xix-Junge durch die Gänge. Hanissa sorgte sich jetzt deutlich weniger, in eine Sackgasse oder einen Hinterhalt zu geraten, denn mit Quox hatte sie nicht nur einen kundigen Führer an der Seite, sondern mit Fleck auch einen Begleiter, der jede Art von Ärger schon witterte, bevor er ihnen auch nur nahe kam. Abgesehen davon gaben sich die meisten der vom Wahn befallenen Xix mittlerweile auch keine Mühe mehr, ruhig zu sein. Ihr wildes Fauchen und hungrig klingendes Mandibelklacken hallte durch die Gänge, lange bevor sie selbst in Sicht kamen, sodass es den dreien recht gut gelang, ihnen auszuweichen.

Vor ihnen gabelte sich der Korridor. Die Kreuzung war von Kampfspuren gezeichnet. Blutspritzer besudelten die Wände und den Boden, und eine blutige Schleifspur führte in einen der drei Gänge, die sich an dieser Stelle trafen.

Hanissa schlug die Hand vor den Mund und unterdrückte den Anflug von Übelkeit, der in ihr aufstieg. „Ich dachte, Xix töten keine Xix", sagte sie gepresst.

„Das ist kein Xix-Blut", verkündete Quox düster. „Xix-Blut ist nicht rot, sondern weiß. Ich fürchte, das hier stammt von einem Menschen … vielleicht von einem der Patienten aus den Hallen der Heilung, der vor seinen Pflegern zu fliehen versuchte." Der junge Xix erschauerte. „So etwas hätte niemals geschehen dürfen."

„Ihr könnt doch nichts dafür", versuchte Hanissa, ihn zu trösten. „Der Entführer der Königinlarve ist an allem schuld."

„Dann hätten die Alten die Larve vielleicht besser beschützen sollen", entgegnete Quox. „So wie ich das sehe, waren sie nachlässig. Nur weil noch nie etwas passiert ist, heißt das doch nicht, dass niemals etwas passieren wird. Jetzt haben wir die Katastrophe – und was wird alles nötig sein, das Ganze wiedergutzumachen?"

Das konnte Hanissa ihm auch nicht beantworten. Sie wusste nur eines: In diesem Zustand durfte das Volk der Xix nicht viel länger verharren, sonst bestand Gefahr für ganz Bondingor!

Fleck stieß ein wehleidiges Quäken aus. Seine Flanken zitterten. Der kleine Drache fühlte sich sichtlich unwohl, und das Mädchen konnte es ihm nicht verdenken. Sie betete, dass Flecks Angst nicht vollständig Besitz von ihm ergriffe. Wenn Fleck sich jetzt in den Nachtfresser verwandelte, würde alles nur noch komplizierter.

„Still, Fleck", sagte sie leise. „Uns wird nichts geschehen." Sie strich dem jungen Flugdrachen über die lange Schnauze und schenkte ihm ein Lächeln, von dem sie hoffte, dass es aufmunternd wirkte.

„Es kommt schon wieder jemand", warnte Quox. „Schnell, wir müssen uns verstecken."

Hanissa lauschte, und tatsächlich hörte auch sie das eilige Trappeln von vielen Füßen. Ihr Blick fiel in einen der Nachbargänge. „Dort drüben", flüsterte sie und deu-

tete auf einen Eingang, vor dem ein brauner Vorhang hing. In seiner Mitte prangte ein wabenförmiges Symbol.

Quox flitzte los, und Hanissa folgte ihm, Fleck direkt bei Fuß. Sie zogen den Vorhang beiseite und huschten durch den Eingang. Dahinter herrschte fast völlige Dunkelheit. Nur eine einzelne, schwach leuchtende Kerze, die auf einem altarähnlichen Stein stand, erhellte einen Teil des Raumes. Neben der Kerze befand sich eine Metallskulptur, die an das Wabensymbol auf dem Vorhang erinnerte. Ein schwacher Geruch nach Räucherwerk hing in der Luft.

„Wo sind wir hier?", raunte Hanissa, während sie Fleck beruhigend die Hand auf den Kopf legte.

„In einem Schrein der Wabenbauerin", erwiderte Quox leise.

Das Mädchen runzelte die Stirn. „Ich dachte, die Xix huldigen keinen Göttern."

„Das trifft auch auf die meisten zu", sagte Quox. „Aber es gibt ein paar kleinere Kulte im Bau, darunter auch den der Wabenbauerin. Der Umgang mit den Menschen und Elfen hat das bewirkt. Die meisten Kulte sind harmlos."

Ein tiefes Knarren und Klacken ertönte in ihrem Rücken. Das Geräusch ließ Hanissa das Blut in den Adern gefrieren. Es klang nach einem *sehr* großen Insekt.

Fleck an ihrer Seite bekam einen Schluckauf und zuckte verräterisch. „Nein, Fleck, nicht jetzt", hauchte Hanissa, ging in die Knie und umarmte den Jungdrachen.

Aus dem Dunkel trat eine hünenhafte Gestalt – und Hanissa fragte sich, ob sie nicht vielleicht doch zulassen sollte, dass Fleck zum Nachtfresser wurde. Als solcher hatte er zumindest Bärenkräfte und konnte sie beschützen. Andererseits war es dann aber auch mit aller Heimlichkeit vorbei.

Doch schon warf sich Quox an Flecks Stelle in die Bresche! Rasch machte er zwei Schritte nach vorn, breitete die Arme aus und gab einige Laute in Xix-Sprache von sich.

Ihr Gegenüber trat noch etwas näher, und Hanissa sah, dass es sich ebenfalls um einen Xix handelte, wenn auch um einen, der mindestens doppelt so groß war wie alle, die sie bislang zu Gesicht bekommen hatte. Er trug eine graue Robe, die in langen Stoffbahnen von seinem Körper herabfiel und von einer groben Kordel zusammengehalten wurde. Auf dem dreieckigen Kopf saß eine kleine graue kreisrunde Mütze.

Der riesige Xix faltete die langen Arme vor dem Bauch und schaute mit schräg gelegtem Kopf zu den dreien hinunter. Er öffnete den Mund, und erneut drang ein Laut daraus hervor, der klang, als rausche Geröll einen Abhang hinab.

Quox antwortete mit aufgeregtem Klicken.

„Was ist los?", erkundigte sich Hanissa.

„Er will wissen, wer wir sind und was wir hier treiben", antwortete Quox. „Ich versuche, es ihm zu erklären."

„Und wer ist er?"

„Ein Mönch. Wir haben ihn beim Gebet für das Wohlergehen der Königinlarve gestört."

„Ist er nicht auch …" Hanissa hielt kurz inne. „Na, du weißt schon: leicht irre?"

Bevor Quox antworten konnte, meldete sich der Hüne selbst zu Wort. „Keine Angst, Menschenkind", klackte er grollend. „Ich spüre das Grauen, das mein Volk befallen hat, aber ich kann ihm widerstehen. Die Wabenbauerin hält ihre schützende Hand über mich."

Hanissa konnte gar nicht in Worte fassen, wie dankbar sie der unbekannten Gottheit dafür war. „Verzeiht. Ich wollte Euch nicht beleidigen."

„Schon gut, mein Kind", gab der Xix-Mönch zurück. „Ich weiß, wie sich meine Brüder und Schwestern gebärden."

„Wenn es Euch noch gut geht, solltet Ihr dann nicht versuchen, Ihnen zu helfen?", fragte Hanissa. „Sie daran hindern, sich gegenseitig zu verletzen?"

„Nein", widersprach der Mönch. „Mein Gebet ist das Beste, was ich gegenwärtig für sie tun kann. Ich vertraue darauf, dass die Wabenbauerin uns Hilfe senden und die Königinlarve zurückbringen wird."

„Dann schließt uns in Eure Gebete mit ein", sagte Hanissa. „Denn wir wollen Zrkida auch finden und zurückbringen."

Der Mönch entfaltete seine langen Arme und legte sie Hanissa unerwartet sanft auf die Schultern. Er wollte gerade etwas erwidern, als unvermittelt der Vorhang beiseitegerissen wurde. Eine Horde aus etwa einem Dutzend Xix stand in der Türöffnung und im Gang dahinter. Die Facettenaugen der Insekten waren weit aufgerissen, und

117

Speichel troff aus ihren Mündern, während sie wild mit den Armen herumfuchtelten. Von einem Moment zum anderen erfüllte ein zorniges Kreischen den stillen Andachtsraum.

„Gib uns den Mensch!", kreischte der Anführer und deutete mit seinem dürren Arm auf Hanissa, der vor Schreck der Atem stockte.

Der Xix-Mönch richtete sich auf seine vier Hinterbeine auf und wurde dadurch noch ein wenig größer. „Nein, ihr bekommt sie nicht", donnerte er, und drohendes Klacken seiner kräftigen Mandibeln begleitete seine Worte.

„Wir sind zehn ... *zehn* ... und du bist allein!", zischte ein zweiter Xix aufgeregt, als die Gruppe in den Raum zu drängen versuchte. „Du kannst uns nicht ..." Er klackte kurz. „... nicht aufhalten."

„Ich bin nicht allein", grollte der Xix-Mönch und breitete seine Arme weit aus, als er der Horde entgegentrat. „Die Wabenbauerin steht an meiner Seite." Er warf einen kurzen Blick über die Schulter. „Lauft, Kinder. Hinter dem Altar ist ein Ausgang. Ich halte sie auf."

Das ließen sich Hanissa, Quox und Fleck kein zweites Mal sagen. Während in ihrem Rücken ein grausiges Gekreische einsetzte, rannten sie auf den Altar zu, und wie versprochen befand sich in der Wand dahinter ein Loch, das zu einem gewundenen Gang führte. Atemlos flohen sie den steil aufwärtsführenden Weg entlang, bis sie schließlich eine weitere Öffnung erreichten, die erneut durch einen Vorhang verdeckt war. Dahinter lag ein breiterer

Korridor, der in einem weiten Schwung gemächlich auf-
wärtsführte.

„He, ich glaube, hier sind wir richtig!", rief Quox. „Nur
noch ein paar Schritte, und wir haben die Hallen der
Heilung erreicht." Er wandte sich noch einmal kurz dem
Vorhang zu, der als unscheinbarer Zierrat an der braunen
Wand hing und die Öffnung verbarg. „Diese Abkürzung
kannte ich gar nicht", murmelte er und klang dabei in
etwa so fassungslos wie Sando klingen musste, wenn er
eine Gasse im Hafenviertel entdeckte, die ihm nie zuvor
aufgefallen war.

„Jetzt kennst du sie. Komm weiter", drängte Hanissa,
packte den Xix-Jungen am Arm und zog ihn mit sich die
Steigung hinauf. Nach ein paar Schritten übernahm
Quox wieder die Führung, und keine fünf Minuten später
erreichten sie einen großen Eingang, über dem ein Schild
hing. Es zeigte drei weiße Kreise.

„Die Gilde der Weißen Pillendreher", verkündete Quox.
„Was machen wir jetzt?"

Hanissa überlegte fieberhaft. „Meinst du, da drin ist
noch irgendjemand halbwegs bei Verstand?"

Quox zuckte mit den Schultern. „Ich weiß es nicht.
Warum?"

„Vielleicht können wir es uns sparen, heimlich in die
Hallen einzudringen, und es gelingt uns stattdessen mit
einem Trick, an die benötigten Zutaten zu kommen. Hör
zu …"

Mit aufgeregter Miene stürzte Quox in den Eingangsbereich der Gilde der Weißen Pillendreher. Er hoffte, dass
die Auswirkungen des Wahnsinns die Hallen der Heilung
bislang verschont hatten. Doch diese Hoffnung wurde
enttäuscht.

Der Eingangsbereich glich einem Schlachtfeld. Die
Hocker und Stühle verschiedener Art, auf denen Gäste
Platz nehmen konnten, die Arzneien kaufen wollten, lagen
kreuz und quer im Raum verteilt. Glassplitter und kleine
bunte Pillen übersäten den Fußboden. Und über einer
zerrupften, farnartigen Pflanze hing ein Alchemistenkittel,
dessen Besitzer nicht zu sehen war.

Hinter der hohen Theke, hinter der ein weiß gewandeter
Xix normalerweise alle Gäste empfing, erklang ein Geräusch. Mit unbehaglichem Gefühl in der Magengegend
ging Quox auf sie zu. Er lugte um die Ecke und erblickte
einen alten Xix, der zusammengekauert am anderen Ende
der Theke auf dem Boden hockte.

Quox schluckte und versuchte sein Glück. „Verzeihung",
sagte er. „Ich benötige Eure Hilfe. Ich brauche starken
Alkohol, Verliermeinnicht-Tinktur und Eisenpulver – und
das schnell. General Qalrx schickt mich."

Der Alte hob den Blick. Panik lag in seinen Facettenaugen. „Was? Wovon redest du, Junge?", fragte er. „Warum läufst du überhaupt frei herum? Weißt du nicht, wie
gefährlich …"

„Natürlich weiß ich das", unterbrach Quox den Mann.
„Aber General Qalrx hat mir aufgetragen, starken Alkohol,

Verliermeinnicht-Tinktur und Eisenpulver zu besorgen. Die Zauberer aus der Magischen Universität haben eine Idee, wie man die Königinlarve finden könnte. Aber dafür brauchen sie diese Zutaten, und zwar so rasch wie möglich. Also helft mir bitte, wir haben nicht mehr viel Zeit."

Gehetzt schaute er über die Schulter, als sei ihm irgendjemand auf den Fersen, der ihn aufzuhalten versuche. Er hoffte, dass nicht wirklich jemand unten in der Hauptkammer auf den Gedanken gekommen war, die Zauberer um Hilfe zu bitten. Dann würde die kleine Täuschung, die sich Hanissa ausgedacht hatte, nämlich sofort auffliegen. Er wünschte sich, das rothaarige Mädchen wäre bei ihm, um ihm im Notfall zu helfen, seine Lügengeschichte auszuschmücken. Aber sie versteckte sich zusammen mit dem Drachen in einiger Entfernung in einer Nische.

Glücklicherweise waren weitere Worte gar nicht nötig. Die Xix waren ein aufrichtiges Volk. Seine Mitglieder belogen einander so selten, dass ein Xix in der Regel geneigt war, die Worte seines Gegenübers für bare Münze zu nehmen. Quox hielt das für eine weitere Nachlässigkeit – neben der unzureichenden Bewachung der Königinlarve –, denn er wusste, dass die anderen Völker, die in Bondingor lebten, es mit der Wahrheit nicht so genau nahmen. Er selbst war deshalb auch stets vorsichtig. Das hieß aber nicht, dass er gern log. Wäre ihre Mission nicht so wichtig gewesen, hätte er sich von Hanissa sicher nicht so leicht dazu überreden lassen.

121

Der Xix hinter der Theke erhob sich zitternd. „Gut …
äh … ja." Er ließ seinen Blick über das Chaos schweifen.
„Es ist niemand mehr da, der dir helfen kann. Außer …
außer mir. Ich bin Krak'lx."

„Dann helft mir bitte", flehte Quox. „Unser aller Zukunft hängt davon ab."

Krak'lx starrte Quox an. Sein Kopf pendelte unschlüssig
hin und her. Schließlich nickte er. „Komm mit, aber rasch,
bevor ich …" Er erschauerte am ganzen Leib, und ein
Knurren drang aus seiner Kehle. „Bevor auch ich mich
vergesse."

Gemeinsam marschierten sie durch die Hallen der
Heilung. In keiner der offen einsehbaren Alchemisten-
küchen wurde gearbeitet, und überall waren Spuren der
Verwüstung zu sehen. In einer Kammer riss ein kräftiger
Xix fauchend Vorratsgläser aus einem Regal. In einem
anderen lag eine Xix-Frau reglos in einer Lache aus blauer
Arznei.

Dadurch, dass sich die Weißen Pillendreher auf das
Herstellen von Arzneien spezialisiert hatten, gab es keine
Dauerpatienten vor Ort, was Quox erleichterte. Er wollte
lieber gar nicht wissen, wie es den armen Menschen,
Zwergen und Elfen erging, die in anderen Hallen lagen,
auf Heilung hofften und dabei Gefahr liefen, ihr Leben
zu verlieren.

„Hier sind wir", flüsterte Krak'lx und betrat vor Quox
eine große, kühle Kammer, in der hohe Regale voller
Töpfe und Tiegel standen. Erstaunlicherweise herrschte

hier noch völlige Ordnung. Der Xix eilte die Regalreihen entlang, griff hier und da zu und reichte seine Funde anschließend an Quox weiter. „Alkohol und Verliermein- nicht-Tinktur … Hm …" Er schaute sich unsicher um, und seine Mandibeln klickten. „Eisenpulver sehe ich keins. Offenbar ist es aus."

„Aber wir brauchen es!", rief Quox entsetzt. „Es wurde mir genau so aufgetragen."

Krak'lx fuhr zu ihm herum, die Augen weit aufgerissen. „Es ist fort, hörst du!", fauchte er erregt. „Aus. Ende. Vorbei. Nichts zu machen. Ich kann dir nicht helfen, Jun- ge. Ich kann dir nicht …" Er zuckte zusammen, schloss die Augen und presste sich die Hände an die Schläfen. „Es … es tut mir leid", fuhr er leiser fort. „Ich rate dir: Nimm eine Feile und rasple dir etwas Eisen von einer Speerspitze ab. Das geht sicher auch."

„Ich habe keine Feile", klagte Quox.

„Warte", sagte Krak'lx, huschte drei Gänge weiter und zog das Werkzeug aus einer Schublade hervor. „Hier, bitte. Und nun geh schnell, Junge."

Dankbar nahm Quox die Feile in Empfang. Doch statt der Bitte Folge zu leisten, schüttelte er den Kopf. „Nein, ich brauche noch einen Mörser und einen Stößel und ein Sieb und einen kleinen Topf und Brennpaste und …" Er zählte alle Hilfsmittel auf, die Hanissa ihm genannt hatte, und hoffte, dass er nichts vergaß.

Auf der Miene des Xix-Heilers zeichnete sich Verzweif- lung ab. Seine Kauwerkzeuge zuckten, und er hielt sie mit

123

seinen Händen fest. „Ich kann nicht mehr lange. Ich …"
Er trat fest mit einem Fuß auf und verpasste sich selbst
eine Ohrfeige. Dann rannte er los, um Quox die Alchemie-
utensilien zu holen.

„Danke", sagte der Xix-Junge, als alles beisammen
war. „Ihr könnt stolz auf Euch sein, Krak'lx. Ihr habt
soeben entscheidend zur Rettung unseres Volkes beigetra-
gen."

„Ich hoffe es, ich hoffe es wirklich", flüsterte dieser kaum
hörbar. Dann brüllte er plötzlich: „Und nun verschwin-
de, du Dreiwabenhoch, bevor ich die Beherrschung über
mich verliere!"

Eilig kam Quox der Aufforderung nach.

Kurz darauf hatte er sich wieder zu Hanissa und ihrem
kleinen Drachen gesellt und präsentierte seine Beute.
„Das war knapp", stellte er fest. „Eine halbe Stunde später,
und es wäre niemand mehr da gewesen, der auf unsere
List hätte hereinfallen können."

„Also herrschte auch dort Chaos?", fragte Hanissa.

Quox nickte betrübt. „Und Eisenpulver gab es auch
nicht mehr. Aber der Xix, der mir half, sagte, wir könnten
es uns auch von anderer Stelle besorgen. Stimmt das?"

Auf der blassen Stirn des Menschenmädchens entstand
eine steile Falte. „Ich nehme es an. Reines Eisenpulver
wäre mir lieber gewesen. Aber ich gewöhne mich langsam
daran, dass Zaubern mit Tomrin und Sando etwas abenteuerlicher ist, als es die Bücher der Magischen Universität vorschreiben."

Quox hatte keine Ahnung, worauf sie damit anspielte. Er hoffte nur, dass Hanissa erfolgreich mit dem sein würde, was sie plante.

Kapitel 9

Kinderkram

Das ferne Kreischen war das Schlimmste. Sando war ja einiges gewohnt: In den Straßen des Hafenviertels konnte man nachts auch manchmal Dinge hören, die einem die Haare zu Berge stehen ließen. Doch dieses von Mandibelklacken untermalte, lang gezogene Kreischen, das durch die leeren Korridore und über die vielen Brücken hallte, würde er nicht so schnell wieder vergessen. Mal klang es klagend und entsetzt, dann wieder rasend vor Zorn. Sando fühlte sich an ruhelose Seelen erinnert.

„Man kommt sich vor wie in einer Stadt voller Geister", raunte er Tomrin zu.

Der nickte. „Hab ich auch gerade gedacht. Und das Schlimmste ist: Durch den Hall in den Gängen weiß man nie, ob die Xix nah oder weit weg sind."

 126

Sando verstand ihn genau. „Sie könnten schon hinter der nächsten Wegbiegung auf uns lauern ...“

„Verständlich wär's. Immerhin wollen wir ihren Larven ans Futter ...“ Tomrin verzog unbehaglich das Gesicht.

Die beiden Jungen waren unterwegs zu einer der Brutkammern, wo sie in Hanissas Auftrag Gnädiges Gelee stehlen wollten. Pip flatterte neben ihnen her, und ein dicker Folomi flog ihnen summend voraus. Quox persönlich hatte dem Käfer erklärt, wie und wohin er die Freunde zu führen hatte. Gut eine halbe Stunde war seitdem vergangen, und Sando fühlte sich allmählich, als dürfe er nie wieder die Sonne sehen. Jeder Schritt führte sie tiefer in den Bau. Vereinzelt hingen Feenfeuer in Bronzelaternen an den Wänden und rissen Lichtinseln in die Dunkelheit. Abgesehen davon war es nahezu grabesfinster.

„Mein Vater hat mir früher manchmal Geschichten von Geisterstädten erzählt“, sagte Tomrin leise. „In den Tagen, als er noch als Held durch die Lande zog, muss er einige durchquert haben.“

„Und?“, fragte Sando. Er spürte, dass Tomrin nur redete, um die Stille zu bekämpfen, und war dankbar dafür.

„Einmal verschlug es ihn in ein Land viele Tagesreisen südlich von Mintaria“, erzählte Tomrin. „Er suchte dort in einem flammenden Berg nach einem magischen Gegenstand, einer Brosche oder einem Ring, ich weiß nicht mehr. Jedenfalls überlebte er das Abenteuer nur knapp und irrte danach tagelang durch die Wüste. Die Sonne brannte furchtbar. Seine Vorräte waren längst aufgebraucht. Er wusste: Wenn er nicht bald Wasser fand, würde er sterben. Irgendwann erreichte er eine Siedlung. Sie bestand aus vielleicht einer Handvoll Häusern, kaum mehr als Ruinen, und alle waren leer. Doch er entdeckte einen Brunnen, in dem noch ein paar Schluck Wasser waren. Er trank es, legte sich in einem der Häuser zur Ruhe und wartete auf die kühle Nacht, um weiterziehen zu können."

Sando nickte. Das klang vernünftig.

„Als er erwachte", fuhr Tomrin fort, „stand der Vollmond am Himmel. Mein Vater wollte sich gerade von seinem Lager erheben, als er ein Geräusch hörte, ein Heulen, so ähnlich wie wir es gehört haben."

„Er war nicht mehr allein", vermutete Sando. Allmählich ahnte er, wie diese Geschichte weitergehen würde.

„Doch. In der Siedlung war außer ihm nach wie vor keine Seele."

„Aber?"

„Aber nicht jedes Wesen *hat* eine Seele …"

Sando schluckte. „Geister?"

„Dutzende. Und nicht die freundliche Sorte, die Hanissa aus der Magischen Universität kennt. Sie mussten schon seit Jahren dort umgehen, und laut meinem Vater mochten sie es ganz und gar nicht, plötzlich einen Menschen unter sich zu finden."

Obwohl er nicht zur Schreckhaftigkeit neigte, spürte Sando einen Schauer über seinen Rücken ziehen. Vielleicht waren Geistergeschichten doch nicht das Richtige, um sich in einem Bau voller wahnsinniger Xix die Zeit zu vertreiben. „Machst du dir eigentlich große Sorgen um ihn?", fragte er, auch, um auf etwas anderes zu sprechen zu kommen.

„Um meinen Vater?" Tomrin zuckte mit den Schultern. „Der hat schon in ganz anderen Schwierigkeiten gesteckt. Er wird auch das hier überstehen. Für den ist das Kinderkram."

Sando war kein Gedankenleser, aber er spürte, dass Tomrin den Tapferen nur spielte. Tief drin sorgte er sich ganz sicher sehr um Ronan und die anderen.

„Solange ich etwas tun kann, geht's", gestand Tomrin schließlich. „Solange ich das Gefühl habe, ein Ziel zu verfolgen."

Sando nickte. „Solange wir unterwegs sind."

Sein Begleiter grinste ihn an. „Immer dem Folomi hinterher."

„Kinderkram."

Schweigend gingen sie weiter. Der sechsbeinige Käfer mit dem gelb-schwarzen Muster führte sie durch Gänge und Räume, die Sando immer enger vorkamen. Niedrige Decken, stickige Luft. Manchmal musste er sogar die Arme ausstrecken, um nicht gegen Wände oder Stützsäulen zu laufen, so dunkel wurde es. *Zum Glück ist Fleck bei Nissa*, dachte er. *Spätestens hier wäre er zum Nachtfresser geworden.*

Und wieder gabelte sich der Weg, und wieder folgte der Gabelung ein endlos scheinender zweiter.

„Verflixt!"

Sando wirbelte herum, sowie er den Ausruf seines Freundes hörte – und erstarrte! Man hatte sie erwischt. Aus dem Dunkel am Ende des Ganges, durch den sie gerade schlichen, stürmten drei Xix hervor. Die Insektenwesen hatten die Fäuste geballt und zeigten alle Anzeichen des Wahnsinns. Menschenblut, eingetrocknet und schwarz, verfärbte ihre Kleidung.

Tomrin hatte bereits sein Schwert gezogen. „Keinen Schritt weiter, hört Ihr?", rief er den Wildgewordenen zu. „Wir wollen Euch nicht verletzen, aber wir werden uns verteidigen, wenn wir es müssen."

Der Gedanke, gegen ein Trio irrer Xix anzutreten, die gut und gern doppelt so groß wie er selbst waren, gefiel Sando nicht besonders. Dennoch zögerte er nicht, seinem Freund zur Seite zu stehen. Er zückte seinen Dolch.

Die Angreifer wirkten unbeeindruckt. Drohend kamen sie immer näher. Aus ihren Mündern mit den kleinen, spitzen Zähnen drangen Zischlaute, die von den Wänden widerhallten.

Tomrin und Sando wichen einen Schritt zurück. „Halt, sage ich!", forderte Tomrin. Seine Stimme klang fester, als es seine Knie sein konnten. „Wagt es nicht, uns zu nahe zu kommen, verstanden?"

Kurz vor den beiden Freunden hielten die Xix an. Ihre Blicke ruhten auf Tomrin und Sando. „Oder was, Menschlein?", knurrte der Vorderste. Seine krallenartigen Hände öffneten und schlossen sich zuckend. „Stehlt ihr uns sonst auch alle anderen Larven?"

„Wir haben nicht …"

Sando ließ seinen empörten Freund nicht ausreden. Er wusste besser, wie man mit Streitsüchtigen umging. „Zieht einfach weiter, einverstanden? Wir wollen keinen Ärger mit Euch."

„Pech, Menschlein", zischte der linke Xix angriffslustig. „Aber wir!"

Dann ging alles ganz schnell. Noch bevor Sando begriff, was geschah, hatte der Xix ihm die Faust gegen die Schläfe geschlagen. Der Junge taumelte und schlug mit den Knien hart auf dem staubigen Boden auf. Ihn schwindelte, und für einen Moment sah er nur Sterne.

„Was fällt Euch … *Autsch!*" Ein Schmerzensschrei beendete Tomrins Protest.

Aus den Augenwinkeln sah Sando, wie er sich krampfhaft an seiner Waffe festhielt. Dann hob er sie über den Kopf und holte zum Schlag aus.

Der Xix war schneller. Mit irrsinniger Geschicklichkeit wich er dem Hieb des Jungen aus, drehte sich um die eigene Achse und schlug Tomrin mit der geballten Faust in die Seite.

Pip quiekte ängstlich, irgendwo.

Sowie er den Schwindel abgeschüttelt hatte, sprang Sando kampfbereit auf, den Dolch erhoben. Doch wie kämpfte man gegen drei Gegner gleichzeitig?

Binnen weniger Augenblicke war er in der Umklammerung eines der Xix gefangen. Wie ein Schwert in der Zwinge eines Schmieds kam er sich vor. Unerbittlich hielten ihn die Insektenarme fest, und sosehr er sich auch wand und wehrte, sie ließen nicht locker. Heißer Xix-Atem blies ihm in den Nacken.

„Den Ersten hab ich schon", zischte die Stimme neben seinem Ohr.

Sando sah sich um. Tomrin stand noch frei. Mit dem Kurzschwert hielt er die verbliebenen beiden Wahnsinnigen auf Abstand, doch wann immer er nach dem einen schlug, rückte der andere näher. Es war nur eine Frage der Zeit, bis auch er in die Gewalt der Gepanzerten geraten würde.

„Tomrin, lauf!", stieß Sando hervor. „Bring dich in Sicherheit, solange du noch ka…" Plötzlich lag ein Xix-Arm direkt vor seinem Mund und hielt ihn vom weiteren Sprechen ab.

Ohne zu zögern, biss Sando zu. Hart schlugen seine Zähne auf den dicken Panzer des Angreifers. Es knirschte und knackte – und für einen kurzen Moment fragte er sich, ob das Geräusch vom Panzer oder von seinen Zähnen herrührte. Dann aber lockerte sich die Umklammerung, und das Geschöpf wich zurück.

Sando reagierte sofort. *Habe ich tatsächlich einen der Übergänge zwischen den Panzerplatten erwischt?*, schoss es ihm durch den Kopf. An diesen Stellen gingen zwei Chitinplatten an den Körpern der Xix ineinander über. Dort waren die Insektenwesen ein wenig verwundbarer. *Dann hab ich echt mehr Glück als Verstand.* Geschickt riss er sich aus dem Griff des Fremden los. Dann sah er zu seinem erbittert kämpfenden Freund. „Tomrin, jetzt! Lauf!"

Tomrin ließ seine Klinge einmal mehr herumfahren, um die beiden anderen Xix abzuwehren. Ein Kopfnicken später rannten er und Sando los, einfach ins Dunkel.

„Wohin?", keuchte Tomrin.

Sando wusste es nicht. Vom Folomi fehlte jede Spur, und ohne ihn waren sie hoffnungslos verloren. „Hauptsache … weg … von denen."

Tomrin nickte. Hinter sich hörten sie die trappelnden Füße und klackenden Mandibeln der drei Xix, die sie verfolgten. Vor sich sahen sie fast nur Dunkelheit. Und die Xix kamen näher! Schon jetzt, nur Augenblicke nach ihrer Flucht, war Sando, als spüre er ihren Atem wieder im Nacken. Doch er wagte es nicht, hinter sich zu blicken – aus Angst, dadurch langsamer zu werden.

„Hier lang", rief Tomrin plötzlich, als sie um eine Kurve gebogen waren, und deutete auf eine nachtschwarze Öffnung inmitten der Wand rechts von ihm.

Ohne lange zu überlegen, stieg Sando nach ihm hinein. Pip flatterte hinterher.

Dann kippte die Welt zur Seite! Vom einen auf den nächsten Moment verlor Sando den Halt und fiel ins Leere. Er schrie auf, als oben unten wurde, doch nur einen Lidschlag später prallte er rücklings auf etwas Hartes.

Der Schmerz war gewaltig. Abermals sah Sando Sterne, und seine Lunge versagte ihm den Dienst. Ihm war, als sei

jeder einzelne Knochen und Muskel in seinem Leib auf einmal böse auf ihn – und er wusste nicht einmal, wie es dazu hatte kommen können.

„S…Sando?" Tomrins Stimme drang schwach aus der Welt jenseits des Schmerzes. Sie klang verzerrt. „Lebst du noch?"

Gute Frage. „Weiß … ich nicht", antwortete er wahrheitsgemäß. „Ist das hier die Höhle des Ewigen Erzes, wo alle gefallenen Zwergenhelden hinkommen?" *Und wenn, warum tut mir dann alles weh? Das ist ungerecht! Heißt es in den alten Liedern nicht, im Leben nach dem Tod sei man seine Qualen los?*

Plötzlich knirschte es laut. Worauf auch immer er zu liegen gekommen war – es gab unter ihm nach! Bevor Sando sich wappnen konnte, kippte er abermals nach hinten weg. Kühle, dickliche Flüssigkeit umfing ihn. Sie strömte in seine Nase, seinen Mund und seine Ohren. Und sie riss ihn aus der Schmerzstarre, die ihm der erste Sturz ins Unbekannte beschert hatte.

Sando strampelte mit Armen und Beinen. Da war kein Boden, da waren keine Wände. Und vor allem keine Atemluft! Erst nach einigen verzweifelten Augenblicken begriff er, dass er in dem zähen Gewässer sehen konnte. Als er wusste, wo oben und unten war, schwamm er los.

Prustend tauchte er auf. Tomrins Kopf erschien dicht neben ihm. Gelblicher Glibber bedeckte ihn und verklebte ihm die Haare. „Was bei den Zweigöttern war das?", stieß der Hauptmannssohn hervor.

Sando sah nach oben und ahnte etwas. „Wenn du mich fragst, eine Art Luftschacht. Wir sind in ihn hineingesprungen, weil wir ihn für ein gutes Versteck hielten. War's aber nicht."

Obwohl Tomrin aussah, als wäre einer von Gumps Eintopfkesseln neben ihm explodiert, lachte er. „Na ja, siehst du unsere Verfolger noch?"

Tatsächlich: Wo immer sie auch gelandet waren, sie waren den drei Wahnsinnigen entkommen, die ihnen ans Leben wollten. So gesehen … „Kinderkram", wiederholte Sando murmelnd das, was Tomrin zuvor gesagt hatte. „So nennen Ritter das wohl, wenn sie mehr Glück als Verstand haben."

Tomrin lachte erneut. „So ungefähr würde mein Vater das sehen, ja."

„Was ist das hier eigentlich für eine Brühe?", wollte Sando wissen. Es fiel ihm immer schwerer, sich in der dickflüssigen Substanz oben zu halten.

„Gnädiges Gelee, würde ich sagen. Mir scheint, wir sind in einem Bottich voller Xix-Nahrung gelandet."

Wohl eher auf *einem Bottich*, dachte Sando und verzog das Gesicht. Sein Rücken schmerzte noch immer. Der Deckel des Bottichs hatte ihren Fall gebremst und war dann unter dem Aufprall der beiden zerbrochen. Nur: Wo in aller Stollen Namen standen Gelee-Bottiche direkt unter Luftschächten?

Neugierig schaute Sando sich um. Die Dunkelheit von vorhin war einer nahezu wundersamen Helligkeit gewichen. „Die Brutkammer", stieß er hervor, als er endlich begriff, was er vor Augen hatte. Sie hatten sie erreicht!

Der Raum war gut und gern fünf Schritt hoch und immens lang, wirkte aber dennoch wie eine Höhle. Säulenartige Auswüchse führten vom unebenen Boden zur gewölbten Decke. Die Wände waren gewaltige Wabenkonstruktionen, Kammer an Kammer, aus denen das Gelee nur so troff. Sie leuchteten, als läge hinter ihnen eine riesengroße Licht- und Wärmequelle, und nahezu jede Wabe, die Sando ausmachen konnte, schien belegt zu sein. Er sah Kokons und bereits geschlüpfte Larven. Xix waren nirgends zu entdecken – was, angesichts ihres Zustands, für den Nachwuchs vielleicht auch besser war. Stattdessen hingen schlangenähnliche Wesen, wie er sie nie zuvor zu Gesicht bekommen hatte, kopfüber von der Decke und kümmerten sich um die heranreifenden Xix. Wann immer irgendwo eine Larve Aufmerksamkeit benötigte, war eines dieser Wesen, deren schuppige Haut bräunlich schimmerte, sofort zur Stelle.

„Das sind Versorger", wusste Tomrin. „Bruder Barthian hat mir von ihnen erzählt. Sie passen auf die Brut der Xix auf, bis diese alt genug ist, die Waben zu verlassen."

„Und es macht ihnen nichts, dass zwei Fremde mir nichts, dir nichts in ihre Kinderstube plumpsen?" Sando ließ die länglichen, kaum astdicken Geschöpfe nicht aus den Augen. Ihre unbekümmerte Teilnahmslosigkeit gegenüber allem, was nicht Larve war, kam ihm höchst seltsam vor.

„Barthian sagt, nein", antwortete Tomrin. „Dafür seien ihre Gehirne zu klein, glaubt er. Sie seien synbio… sympitisch… Na, Wesen, die nur davon und dafür leben, die Larven der Xix zu versorgen." Er lachte und wischte sich das Gelee aus dem Gesicht. „Überhaupt: Siehst du sie etwa wutentbrannt auf uns Eindringlinge zustürmen?"

Das war nun wirklich nicht der Fall. Weder die Versorger noch die Larven nahmen irgendeine Notiz von Sando und seinen Begleitern. Selbst Pip, die ihren ersten Schreck überwunden hatte und fröhlich zwischen den Wesen und den Säulen hin- und herflog, störte sie ganz offensichtlich nicht.

Das ist ein gutes Zeichen, dachte Sando. *Wen es nicht interessiert, dass Fremde in seinen Bottichen schwimmen, dem ist es hoffentlich auch egal, wenn sich die Fremden ein Andenken mit nach Hause nehmen.* „Kinderkram", murmelte er abermals. Doch mit jeder Wiederholung schwand seine Überzeugung ein bisschen.

Vorsichtig schwammen die beiden Freunde zum Rand des großen Bottichs und kletterten hinaus. Ihre durchtränkte Kleidung pappte ihnen am Körper. Die Feuchtigkeit machte sie um ein Vielfaches schwerer, als sie eigentlich war. Zwischen den Fingern, den Zehen, den Haaren – überall hing nun das klebrige Gelee. Sando kam sich fast schon vor, als *bestünde* er aus dem ekligen Zeug.

„Was für eine Sauerei", murmelte Tomrin belustigt und schüttelte sich ein wenig. „Wenn das meine Mutter sieht, darf ich zwei Wochen lang nicht mehr vor die Tür."

„Dann bete, dass wir Erfolg haben – vielleicht legt dein Vater in dem Fall ein gutes Wort für dich ein", erwiderte Sando mit einem breiten Grinsen. Dann breitete er die Arme aus. „Was machen wir als Nächstes?"

Tomrin sah auf. „Wir bedienen uns. Schau mal, dort hinten!"

Sando folgte seinem ausgestreckten Arm mit dem Blick. Am anderen Ende des Raumes schwangen sich gerade zwei Versorger mit Holzeimern voller Gelee von einer Wabe zur anderen. Überall gossen sie ein paar Schlucke der zähen Flüssigkeit in die Waben. „Lass mich raten: Wir stehlen ihnen zwei volle Eimer und streichen das Erz in unserem Versteck durch ein Sieb?"

Tomrin schlug ihm auf die Schulter. „Stehlen, Sando?", sagte er mit gespieltem Tadel. „Manchmal kannst du deine Zeit als Straßenkind und Taschendieb einfach nicht verleugnen."

Nun musste selbst Sando lachen. Jedem anderen hätte er es übel genommen, wenn er Scherze über sein Leben in den Straßen des Hafenviertels gemacht hätte. Doch bei Tomrin und Hanissa wusste er, wie diese gemeint waren: als liebevolle Stichelei.

„Geh voran, Meisterdieb", sagte Tomrin und deutete eine Verbeugung an. „Dein Publikum erwartet dich."

„Und dein Gesicht hoffentlich schon meine Faust, du Schwätzer", schimpfte Sando vergnügt und boxte seinen Freund in die Seite. Dann hielt er inne. Seltsam, dass sie trotz der ernsten Lage hier so herumalberten!

„Liegt das am Gelee?", fragte Tomrin. Er schien Sando die Gedanken an der Nasenspitze abzulesen. „Macht dieses glibberig-klebrige Zeug einen fröhlich, wenn man es zu sich nimmt?"

„Oder in ihm badet?", ergänzte Sando. Das würde einiges erklären. Pip kam herbeigeflattert und setzte sich auf seine Schulter. „Na, Kleine? Hast du mal geschaut, wo wir die schönsten Eimer finden? Nissa braucht ihre Zauberzutat."

Die bellurische Spürechse sah ihn gewohnt liebevoll an – keckerte dann aber unwillig.

„Mir scheint, du stinkst ihr zu sehr nach Gelee", sagte Tomrin lachend.

„Und du hast zu viel davon verschluckt, du Witzbold."

Kurz darauf durchquerten sie die Brutkammer und erreichten die Gelee-Eimer, die unten am Fuß der Wabenwände standen. Hin und wieder griff ein Versorger nach einem der Behältnisse oder reichte ein leeres an einen anderen Versorger weiter, der dieses dann wieder auffüllte. Pip und die Jungen schienen die Wesen nicht im Geringsten zu kümmern.

„Zwei Stück?", fragte Sando und drehte sich zu Tomrin um.

„Sollte genügen", fand dieser. „Schau nur, wie viel von diesen Schwefelkiesbrocken in der Brühe herumschwimmen. Mehr als zwei Eimer werden wir nicht brauchen, um Nissas Zeug zu besorgen."

„Na dann", sagte Sando, bückte sich und reichte dem

Hauptmannssohn einen. „Du einen, ich einen. Und Pip findet heraus, wie wir hier unbemerkt rauskommen."

Die Spürechse trällerte sorglos vor sich hin und sah ihn an.

„Du weißt, was das heißt, oder?", prustete Tomrin los.

Sando grinste. „Klar. Kinderkram."

Kapitel 10

Die schreckliche Wahrheit

Kurz darauf hatten sich Hanissa, Tomrin, Sando, Quox, Fleck und Pip wieder in dem kleinen Versteck zusammengefunden. Stolz stellten die Jungen zwei hölzerne Eimer auf den Boden, in denen gelbliches Gelee schwappte. Kleine Bröckchen Lebereisenerz schwammen darin. Auch ihre Kleidung und ihre Haare waren voller Glibber.

„Was ist denn mit euch passiert?", entfuhr es Hanissa. Sie riss die Augen auf.

Tomrin grinste. „Nichts, womit wir nicht fertig geworden wären. Wir hatten eine kleine Begegnung mit den Xix." Mehr sagte er dazu nicht.

„Aha." Hanissa legte ihre eigenen Errungenschaften neben die Eimer, sodass der Raum nun beinahe wie eine kleine Alchemistenküche aussah. Zufrieden rieb sie sich die Hände. „Wunderbar. Jetzt fehlt uns nur noch das Eisenpulver."

„Ich dachte, das wolltet ihr beschaffen", bemerkte Tomrin.

Hanissa verzog das Gesicht. „Es war keins mehr da. Aber es gibt noch eine Möglichkeit. Reich mir mal dein Schwert." Sie streckte die Hand aus.

„Wozu?", wollte Tomrin wissen, nahm es aber vom Rücken.

„Ich brauche es für den Findezauber", erklärte Hanissa und zückte die Feile, die Quox ihr gegeben hatte.

Die Augen des Hauptmannssohns wurden groß, und er zog das Schwert, das er ihr bereits hingehalten hatte, wieder an die Brust zurück. „He, Moment mal! Du willst doch nicht etwa an meinem Schwert herumfeilen?"

„Wir brauchen Eisenpulver, sonst können wir den Findezauber nicht durchführen", entgegnete Hanissa. „Es tut mir leid, aber es gibt keine andere Möglichkeit."

„Es gibt immer eine andere Möglichkeit", widersprach Tomrin. „Außerdem ist mein Schwert überhaupt nicht aus Eisen, sondern aus Elfenstahl. Hast du eine Ahnung, was es für deinen tollen Zauber bedeutet, wenn du die falsche Zutat verwendest?"

„Es wäre nicht die erste falsche Zutat, die ich benutze", gab Hanissa in vielsagendem Tonfall zurück.

„Das ist keine Entschuldigung", meinte Tomrin.

„Hier, Nissa." Sando zog seinen Dolch hervor und rammte ihn mit der Spitze in eine zwischen ihnen stehende

Holzkiste. „Nimm meine Waffe. Gutes altes Zwergen-
eisen. Das Ding hat schon so viel mitgemacht, da kommt
es auf eine Scharte mehr oder weniger auch nicht an."

„Danke, Sando", sagte Hanissa. „Und jetzt seid so nett
und hängt den Eingang mit diesen Wandteppichen dort
drüben zu. Wir wollen doch nicht, dass der Geruch nach
Schwefel und Verliermeinnicht irgendjemanden auf uns
aufmerksam macht. Oder der gelbliche Dampf."

„Na, das klingt ja lecker", brummte Sando. „Stell deine
Brühe aber bitte unter dem Luftschacht her." Er deutete
auf die Öffnung, die in den oberen Teil der rückwärtigen
Wand eingelassen war. Dort führte ein steil in die Höhe
reichender Schacht bis zu einem Schlitz, durch den ein
schmaler Streifen blauer Himmel zu sehen war.

Tomrin stellte sich darunter und schielte nach oben.
„Ob wir Pip mit einer Nachricht nach draußen schicken
sollen?"

„Was für eine Nachricht?", fragte Sando. „Wir haben
nichts zum Schreiben dabei. Außerdem läuft dort draußen
nur unser Freund ‚von Garstig' herum und streitet sich
mit aufgeregten Zwergen und wild gewordenen Xix. Was
würdest du dem schreiben wollen? ‚Hallo, Feylor, noch
geht es uns gut. Wir hoffen, dass es so bleibt'? Das halte
ich für keine gute Idee."

Tomrin kratzte sich am Kopf. „Ja, vielleicht hast du
recht. Da draußen kann uns im Augenblick ohnehin keiner helfen. Wir sind auf uns gestellt." Er sah zu Hanissa
hinüber. „Dann zeig uns mal deine Zauberkunst."

„Ich bin dabei", erwiderte sie. Sie war schon damit beschäftigt, Eisen von Sandos Dolchklinge abzuraspeln. „Denkt an die Tür", erinnerte sie die Jungen.

Während diese zusammen mit Quox anfingen, den Eingang zuzuhängen, machte Hanissa sich, von Fleck und Pip neugierig beobachtet, daran, den Findezauber zu wirken. Sie errichtete eine kleine Feuerstelle unter dem Luftschacht und entzündete die Brennpaste. In der Hocke schüttete sie den scharf riechenden Alkohol in den Kessel und hängte diesen über das schwach lodernde Feuer. Anschließend malte sie unter leisem Gemurmel magische Symbole auf den Boden um den Kessel. Als der Alkohol zu sieden anfing, gab sie unter ständigem Rühren die Verliermeinnicht-Tinktur hinzu. Danach strich sie das Gelee durch das Sieb, um die Lebereisenerzbröckchen herauszufiltern. Diese zerrieb sie anschließend in dem Mörser zu Pulver und schüttete es unter weiteren Zauberworten in den Sud. Es gab eine schwache Verpuffung, und gelber Qualm stieg auf.

„Das stinkt ja widerwärtig", beschwerte sich Sando.

„Ich mag den Geruch", meldete sich Quox zu Wort.

Hanissa grinste in sich hinein, sagte aber nichts.

Mit wohlüberlegten Bewegungen rührte sie die dampfende Flüssigkeit im Kessel um. Gleichzeitig streute sie das Eisenpulver hinein. Ein weiteres Zauberwort folgte. Der Kessel erzitterte, und das Gebräu glühte kurz auf. Dann brodelte es weiter.

„Und jetzt die wichtigste Zutat", murmelte Hanissa.

Sie nahm das Schmusetuch der Königinlarve, das noch feucht von Pips Speichel war. Frisch wäre das Ganze sicher besser gewesen, aber Hanissa hatte keine Zeit, noch einmal einen Versuch zu starten, die Spürechse zu fangen.

Zauberei als genaue Wissenschaft kann ja jeder, dachte Hanissa, kreuzte die Finger und ließ das Tuch mit dem Speichel in das Gebräu fallen. Die letzten Worte des Zaubers kamen über ihre Lippen.

Ein Knistern und Zischen wie von Wasser, das auf einen heißen Stein gegossen wird, war zu hören. Eine kalte, blaue Stichflamme zuckte aus dem Kessel hoch. Dann herrschte unvermittelt Stille.

Hanissa löschte das Feuer und erhob sich. „Jetzt muss es nur noch abkühlen, und wir sind fertig", verkündete sie.

Tomrin warf einen Blick in den Kessel, in dem das Schmusetuch in einer gelblich glitzernden Flüssigkeit schwamm, die seltsamerweise überhaupt nicht mehr roch. „Muss man das Ding, das man verzaubern will, wirklich in diese kochende Brühe werfen?", wollte er wissen.

„Nein, eigentlich gibt man etwas von der Flüssigkeit nach dem Ritual auf den gewünschten Gegenstand", erwiderte Hanissa. „Aber da Pips Speichel nun schon mal auf dem Tuch war, habe ich den Zauber etwas abgekürzt. Es sollte keinen Unterschied machen."

Noch vor wenigen Wochen hätte es sie gegraust, derart auf gut Glück zu zaubern. Aber offenbar färbte Tomrins und Sandos Sorglosigkeit langsam auf sie ab. *Hoffentlich*

145

geht das nicht irgendwann schief, ging es ihr durch den Sinn.

Kurz darauf war das Gebräu abgekühlt, und Hanissa fischte das triefende Schmusetuch wieder heraus. „Jetzt wird es spannend", sagte sie.

Sie nahm das Tuch in die Linke und murmelte die magischen Worte, die den Findezauber auslösen sollten. Dazu bewegte sie die Finger der Rechten nach einem festgelegten Bewegungsmuster in der Luft. Für Zuschauer musste es so aussehen, als spiele sie auf einer unsichtbaren Harfe.

Hanissa hielt den Atem an, und sie sah, dass auch Tomrin und Sando wie gebannt auf das Tuch starrten. Würde der Findezauber trotz der behelfsmäßigen Zutaten gelingen?

Einen Augenblick später hatten sie die Antwort: Ein schwach glitzerndes goldenes Band erschien in der Luft und führte direkt aus ihrem Versteck hinaus in den Gang.

„Fantastisch, Nissa!", rief Tomrin begeistert. „Los, holen wir uns die Königinlarve."

„Äh, sagt mal", mischte Sando sich ein. „Merkt der Entführer nicht, dass wir einen Zauber gewirkt haben? Dieses Band ist ja kaum zu übersehen."

Den Gedanken hatte Hanissa auch schon gehabt, aber ihr war keine Lösung für das Problem eingefallen. Sie zuckte mit den Schultern. „Es gibt nichts, was wir dagegen tun können", gab sie zurück. „Ich kann den Findezauber höchstens wieder aufheben, wenn wir nachgeschaut haben, wohin das Band führt. Und wenn wir nicht wei-

terwissen, wirke ich ihn erneut. Auf diese Weise ist das Band nicht ständig bei der Königinlarve sichtbar, und vielleicht wird es dann nicht bemerkt."

„Trotzdem sollten wir uns beeilen!", drängte Tomrin. „Wenn dem Burschen der Zauber auffällt, möchte ich ihm möglichst wenig Zeit lassen, sich auf unser Kommen vorzubereiten. Also Schluss mit der Heimlichkeit und auf zum Angriff!" Er zog sein Schwert und riss den Vorhang beiseite.

Hanissa wünschte sich, es gäbe eine nicht ganz so plumpe Vorgehensweise, aber ihr fiel keine ein. Also nickte sie und folgte dem davonstürmenden Hauptmannssohn. Sando, Quox, Fleck und Pip schlossen sich ihnen an.

Zu fünft rannten sie dem Band aus glitzerndem Licht nach. Es führte sie immer weiter hinauf in die oberen Stockwerke des Baus. Hanissa löste das Band immer wieder auf, damit es den Entführern nicht auffiel. Pip flatterte derweil aufgeregt um sie herum und gab trällernde Laute von sich. Sie begegneten einigen Xix, doch die Insekten waren zu sehr mit sich selbst beschäftigt, um ihnen viel Aufmerksamkeit zu schenken.

„Wohin bringt uns dieses Band nur?", fragte Sando, nachdem er einen Seitenblick durch die Fenster der Galerie geworfen hatte, die sie gerade entlangeilten.

Hanissa schaute ebenfalls aus einem der Fenster. Neben ihnen lag die mittige Hauptkammer des Baus. Es ging schwindelerregend weit in die Tiefe. „Ich hoffe, zu Zrkida", antwortete sie.

Sie erreichten eine schmale Brücke, die sich in einem weiten Bogen über den Abgrund spannte. Das Band zog sich bis auf die andere Seite.

Während Tomrin übermütig weitereilte, zögerte Hanissa. Eigentlich machten ihr Höhen nicht sonderlich viel aus, aber das hier war schon sehr hoch, und die Geländer links und rechts der Brücke kamen ihr entschieden zu niedrig vor.

„Sieht wenig vertrauenerweckend aus, nicht wahr?", fragte Sando neben ihr und warf ihr einen mitfühlenden Blick zu.

Das Mädchen nickte.

„Keine Angst", klackte Quox, der zusammen mit Fleck als Letzter eintraf. „Diese Brücken können ganze Schwärme unseres Volkes tragen."

„Ich habe keine Angst", versicherte Hanissa sofort und setzte sich wieder in Bewegung. Dennoch hielt sie den Blick starr auf die Mitte der Brücke gerichtet, als sie darüber hinweglief.

Sie hatten die andere Seite kaum erreicht, als sie sahen, wie das Band des Findezaubers in einem Fenster verschwand, das mit einem Gitter aus schlanken Holzstreben verschlossen war. Einige Schritte gangabwärts befand sich eine Türöffnung. Ein Vorhang verwehrte den Blick ins Innere.

Unvermittelt hob Quox den dreieckigen Kopf, und seine Mandibeln zitterten. „Wartet", bat er leise. „Etwas stimmt nicht."

Tomrin, der ihnen noch immer ein paar Schritte voraus war, blieb stehen und drehte sich um. „Was ist?", fragte er ungeduldig. „Dahinter muss es sein. Ich kann die Königinlarve geradezu riechen."

„Ich kann *Soldaten* riechen", sagte Quox.

Hanissa sah ihn überrascht an. „Moment mal, Xix-Soldaten? Was machen *die* denn hier?"

Der junge Xix zuckte mit den Schultern. „Ich verstehe es auch nicht."

„Vielleicht haben sie Zrkida schon gefunden", mutmaßte Sando, aber dem Klang seiner Stimme nach zu urteilen, glaubte er das selbst nicht so ganz.

„Wir werden gleich herausfinden, was hier los ist." Deutlich leiser als eben noch huschte Tomrin zu dem vergitterten Fenster hinüber, duckte sich und lugte hindurch. Die Übrigen schlossen sich ihm an.

Der Raum schien aus zwei Teilen zu bestehen, die durch ein weiteres Holzgitter getrennt wurden. Im vorderen Bereich, der an das vergitterte Fenster angrenzte, befand sich eine Art Babykrippe. Sie stand auf einem Steinsockel an der Wand, und der Findezauber endete in ihrem Inneren.

Hanissa murmelte zwei leise Worte, und das goldene Band löste sich ein letztes Mal auf. Sie hatten die Königinlarve – oder das, was der Findezauber dafür hielt – gefunden. Es wäre unsinnig und gefährlich gewesen, den Zauber weiter aufrechtzuerhalten.

Im hinteren Bereich des Raumes bewegten sich einige Gestalten. Durch das Holzgitter waren sie nicht gut zu erkennen, aber Hanissa war sich sicher, dass es sich um die Xix-Soldaten handelte, die Quox gewittert hatte. Es waren mindestens vier Männer – und einer von ihnen trug einen bronzefarbenen Metallbrustharnisch und einen eigentümlich breiten Helm auf dem Schädel.

Hanissa hörte, wie Tomrin neben ihr erschrocken Atem holte. Der Junge hatte den Xix ebenfalls bemerkt. „Das ist doch General Qalrx", entfuhr es ihm leise.

„Unser Oberbefehlshaber", klickte Quox verwirrt. „Was macht er hier?"

Hanissa hatte plötzlich ein ganz mieses Gefühl, das noch mieser wurde, als sie eine Stimme vernahm. „Wie lange müssen wir hier noch herumsitzen?", fragte ein Menschenmann jenseits des Gitters. „Ich habe langsam die Nase voll davon, mich zusammen mit Eurem Balg in dieser Kammer zu verstecken. Wann kriege ich endlich mein Gold?"

Es musste sich um den Entführer der Königinlarve handeln. Wer sollte es sonst sein? Aber hieß das dann, dass einige Xix mit diesem Menschen gemeinsame Sache machten? Oder schlimmer noch: dass er ihr Handlanger war?

In was für eine Intrige sind wir hier geraten?, fragte sich Hanissa. Sie blickte ihre Freunde an, die genauso fassungslos wirkten, wie sie sich fühlte.

„Es ist bald vorbei", sagte der General barsch, und seine Mandibeln klackten dazu. „Noch knapp zwei Stunden, und die Königliche Aura ist Vergangenheit. Und wenn alles geklappt hat, erhaltet Ihr Eure versprochene Belohnung, Meisterdieb."

Einer der Soldaten klackte und zirpte eine Anmerkung. Der Xix-General antwortete ihm auf die gleiche Weise.

Tomrin stieß Quox an. „Was sagen sie?", wollte er leise wissen.

Der Junge war blass geworden und zitterte. Der Schock, dass anscheinend Angehörige seines eigenen Volkes für die Katastrophe der Xix mitverantwortlich waren, traf ihn härter als Hanissa, Tomrin und Sando. Er brauchte einen Moment, um sich zu sammeln. Dann flüsterte er: „Ich … Sie … Es scheint, als hätten der General und einige seiner Soldaten die Entführung der Königinlarve befohlen."

„Das hatte ich schon fast befürchtet", erwiderte Tomrin. „Aber was bringt ihnen das? Sie werden doch genauso wahnsinnig wie alle anderen erwachsenen Xix – vielleicht etwas später, weil sie disziplinierte Soldaten sind. Aber am Ende erwischt es sie doch."

„Ich glaube nicht, dass sie es so weit kommen lassen wollen", raunte Quox.

„Wie meinst du das?", fragte Hanissa.

Der Xix-Junge zog seine neuen Freunde ein wenig zur Seite. „Ich habe mal von einer Torwache gehört, dass einige Xix nicht zufrieden sind mit dem Leben, das wir seit Jahrhunderten führen. Sie erzählen sich von unserer fernen Vergangenheit, in der wir wilde Eroberer waren, und sie scheinen sich diese Zeit zurückzuwünschen. Natürlich will niemand, dass wir wieder mordgierige Ungeheuer werden. Aber Einzelne von uns ersehnen sich zumindest ein Volk von Kriegern statt von Heilern."

Tomrin runzelte die Stirn. „Und euer General auch? Wie will er das denn schaffen?"

„Indem er die Königliche Aura in sich aufnimmt", erklärte Quox mit großen Augen.

„Was?", entfuhr es Hanissa. „Ist das möglich? Ich dachte, die Königliche Aura kann nur von einer Larve aufgenommen werden, die ihr ganzes Leben darauf vorbereitet wurde."

„Das stimmt. Aber es heißt, in der Not könne auch ein normaler Xix als Wirtskörper dienen. Das ist gefährlich. Der Xix kann daran sterben oder dem Wahnsinn verfallen. Außerdem weiß niemand genau, was geschieht, wenn ein Xix, dessen Geist nicht richtig vorbereitet ist, plötzlich die ruhende Mitte aller Xix sein soll. Die Königinnen haben uns in all den Jahrhunderten Ruhe und Frieden gebracht. Ein Soldat wie Qalrx aber …" Er brach ab.

„… könnte die Xix in ein Insektenvolk aus Kriegern verwandeln", beendete Tomrin den Satz für Quox. Sein Gesicht verfinsterte sich. „Das dürfen wir nicht zulassen, Freunde!"

„Was sollen wir denn dagegen unternehmen?", fragte Sando. Er deutete auf den Raum. „Da drin sitzen vier oder mehr Xix-Soldaten. Mit denen werden wir nicht so leicht fertig wie mit einem einzelnen Entführer." Sein Blick wanderte zu Fleck. „Es sei denn, wir hetzen ihnen den Nachtfresser auf den Leib."

Fleck jaulte leise und verbarg die Schnauze unter den Vorderpfoten.

„Jetzt mal langsam", bremste Hanissa die Jungen. „Diese Geschichte von Quox ist ja schön und gut. Aber wir wissen nicht, ob diese Schurken tatsächlich die Königliche Aura haben wollen. Wir sind hier, um die Königinlarve zu retten. Alles andere hat Zeit."

„He! Wo wollt Ihr hin?", ertönte unvermittelt die menschliche Stimme aus dem Inneren des Raumes.

Die Freunde richteten ihr Augenmerk rasch wieder auf das dortige Geschehen und sahen, dass sich der Xix-General der Tür genähert hatte.

„Ich begebe mich hinunter in die Hauptkammer", erwiderte Qalrx. „Es wird Zeit, die Xix zusammenzurufen und ihnen zu verkünden, dass ich bereit bin, mich zum Wohle aller zu opfern. Damit dieses schreckliche Chaos endlich ein Ende hat." Seine Stimme klang so salbungsvoll wie falsch. Er drehte sich wieder zum Ausgang.

„Schnell weg", zischte Sando, sprang auf und huschte um die nächste Ecke. Die anderen folgen ihm.

Hanissa hörte das Tappen energischer Xix-Schritte. Mucksmäuschenstill presste sie sich mit ihren Freunden an die Wand und hoffte, dass der General über die Brücke nach unten verschwinden würde, statt ihren Weg entlangzukommen.

Die Schritte kamen näher … und näher …

Tomrin packte den Griff seines Kurzschwerts fester.

… und dann wandten sich die Schritte nach links und wurden wieder leiser.

Quox lugte um die Gangecke. „Er hat uns nicht bemerkt", verkündete er überflüssigerweise.

Hanissa tauschte mit Tomrin und Sando ernste Blicke. „Ich glaube, die Zeit, die uns noch bleibt, ist gerade deutlich knapper geworden", sagte sie düster.

Kapitel 11

Zum Angriff!

Tomrin seufzte. Die Sache war vollkommen aussichtslos.

„An denen kommen wir nicht vorbei", murmelte auch Sando, als er ihr neues Versteck – eine leere Xix-Wohnung gegenüber dem Unterschlupf der Schurken – wieder betrat. „Ich habe jetzt die gesamte Umgebung untersucht – und lasst es euch von einem geübten Dieb gesagt sein: Es gibt keinen Weg, Zrkida aus der Gewalt der Verschwörer zu befreien, ohne dass die uns bemerken."

Fleck ließ den Kopf hängen, und Hanissa streichelte ihn. Sie wirkte so ratlos, wie Tomrin sich fühlte. „Aber wir *müssen* etwas tun", sagte sie leise. „Nur wir wissen, was hier gespielt wird. Wenn Qalrx erst die Aura in sich trägt, gibt er bei den Xix den Ton an. Statt friedliche Heiler werden sie dann kriegerische Ungeheuer."

Tomrin schluckte. Dieses verdammte Gruppenbewusstsein der Xix … Nun konnte es ihnen allen zum Verhängnis werden.

„Wir könnten den anderen Xix Bescheid sagen", schlug Sando vor. „Und sie zu Hilfe rufen."

Tomrin schüttelte den Kopf. „Das gäbe nur Chaos – und dürfte auch für uns gefährlich sein. Die meisten Xix sind mittlerweile verrückt. Selbst solche, die innerlich so stark sind wie der Mönch vom Kult der Wabenbauerin werden den Kampf gegen den Wahnsinn inzwischen verloren haben. Nein, ich bezweifle, dass uns die Xix eine Hilfe sein würden. Auch die Soldaten werden bald durchdrehen."

„Wir bräuchten etwas, womit wir die Verschwörer ablenken können", sagte Hanissa. „Aber was?"

„Xix …", murmelte Quox plötzlich. „Das ist es!" Er sprang auf und schlug die Hände zusammen.

„Hast du nicht zugehört?", fragte Sando. „Die Xix scheiden aus, weil …"

Quox schüttelte heftig den Kopf. „Ihr versteht nicht: Es gibt mehr Xix hier als die, an die ihr denkt."

„Mehr Xix?" Tomrin runzelte die Stirn. „Meinst du welche, die nicht wahnsinnig sind? Wo sollten die …"

„Natürlich!" Sando schlug sich mit der flachen Hand gegen die Stirn. „Wie konnten wir nur so dumm sein? Du hast es mir selbst gesagt, Quox!"

„Kann mir vielleicht mal jemand erklären, wovon ihr redet?", drängte Hanissa. „Welche Xix können uns noch helfen?"

„Na, die jungen Xix", antwortete Sando. „Auf alle, die noch nicht ausgewachsen sind, hat das Fehlen der Königlichen Aura keinerlei Einfluss."

Tomrin war, als fielen ihm Schuppen von den Augen. Warum hatten sie nicht schon früher daran gedacht? „Du meinst, *die* könnten uns beim Kampf gegen die Soldaten unterstützen?", fragte er dennoch unsicher.

„He, Mensch", tadelte Quox ihn grinsend. „Unterschätze uns Xix nicht. War ich euch etwa bislang keine Hilfe?"

„Das dürfte klappen", murmelte Sando. „Stellt euch mal vor, wir stürmen das Versteck dieser Schurken mit einer Riesentruppe von jungen Xix … Die Kerle werden vor lauter Trubel nicht mehr wissen, wo oben und wo unten ist." Er lachte leise.

„Wo finden wir diese jungen Xix?", fragte Hanissa.

„In den Aufzuchtgruppen", erwiderte Quox. „Dorthin wurden wir alle gebracht, bevor die Krönungszeremonie begann."

„Ich schätze, du kennst den Weg?"

Ihr Insektenfreund nickte.

Sando klopfte ihm auf die Schulter. „Der? Der kennt hier *alle* Wege!"

Der Nachwuchs der Xix schlüpfte zwar in den Waben der Brutkammern, die Tomrin und Sando besucht hatten, er wuchs aber in den sogenannten Aufzuchtgruppen heran. Etwa zehn solcher Gruppen fanden sich Quox zufolge im

Bau verteilt, und in jeder von ihnen spielten, lachten und tollten tagtäglich an die einhundert junge Xix.

„Tausend Mann", flüsterte Tomrin und stieß einen leisen Pfiff der Bewunderung aus. „Wenn wir die alle im Rücken hätten, wäre das eine gewaltige Armee."

Hanissa schüttelte den Kopf. „Du und deine Soldatenträume", tadelte sie. „Uns fehlt die Zeit, so viele Helfer zu holen. Schon vergessen? Wir werden uns auf eine Aufzuchtgruppe beschränken müssen."

So leid es ihm auch tat, Tomrin musste ihr zustimmen. „Und wie weit ist es noch bis zu der?"

Quox, der ihnen vorausging, blieb unvermittelt stehen und drehte sich zu ihnen um. „Wir sind da", verkündete er. „Das ist die nächstgelegene Aufzuchtgruppe. Dummerweise ist es meine eigene."

„Dummerweise?", wiederholte Sando ziemlich ratlos.

„Du wirst schon merken, was ich meine", murmelte Quox.

Tomrin, Sando und Hanissa sahen sich um. Sie standen vor einem Durchgang, wie er im Bau der Xix üblich war. Statt einer Tür hing ein dickes Tuch davor und verbarg das Innere des Raumes vor den neugierigen Blicken von Vorübergehenden. Im Gegensatz zu den Vorhängen vor anderen Zimmern war dieser aber nicht einfarbig, sondern mit wilden Formen in den buntesten Farben bemalt. Auch die aus Wurzeln geflochtene und mit allerlei bunten Bändern verzierte Miniversion eines Xix, die etwa auf Augenhöhe am Tuch befestigt war, unterschied ihn vom

Rest – und kennzeichnete den Raum als Hort der kleinen Xix.

„Und jetzt?" Hanissa sah sich unruhig um. „Nichts wie rein, oder?"

„Das", antwortete Quox seufzend, „könnte schwierig werden."

Er trat zum Vorhang und schlug ihn zurück. Dahinter kam ein Gitter zum Vorschein, das bis zum Boden reichte. Es ließ sich zwar zur Seite schieben, allerdings nur von innen. Und dort stand ein kleiner Xix-Junge und schaute die unerwarteten Besucher neugierig an.

„Geheimes Kennwort?", verlangte er zu wissen.

„Xaxl, mach die Tür auf", erwiderte Quox. „Wir haben's eilig."

„Geheimes Kennwort?", wiederholte der Xix jenseits des Gitters gedehnt.

Hinter ihm tollten unzählige junge Xix ausgelassen herum, er aber blickte so ernst und unerbittlich drein wie der Torwächter zu einem verwunschenen Schloss.

„Hier geht's um Leben und Tod, du Larvenbirne!", schimpfte Quox.

„Tut mir leid, aber ohne Kennwort darf ich niemanden hereinlassen." Sprach's, griff durchs Gitter und schloss den Vorhang wieder.

„Das hab ich befürchtet", stöhnte Quox und zog den Stoff erneut zur Seite.

„Geheimes Kenn…?", begann Xaxl sein nerviges Spiel von Neuem.

Doch Quox unterbrach ihn sofort. „Regenwurm, in Ordnung? Das Kennwort lautet Regenwurm. Und jetzt mach die verdammte Tür auf!"

„Tut mir leid", sagte Xaxl sichtlich selbstzufrieden, „aber das war heute Vormittag das Kennwort. Seit dem Mittagessen haben wir ein neues. Wärst du mal besser nicht weggelaufen, Quox." Und wieder schloss sich der Vorhang.

„Ich glaube, das macht dem Spaß", murmelte Sando.

„Darauf kannst du wetten", sagte Quox. „Xaxl ist fünf Mondwechsel jünger als ich und reicht mir gerade bis zur Brust, hält sich aber für den Größten. Er spielt ständig Spion und geht damit allen auf den Geist." Er hob die Stimme. „Verflixt, wir brauchen eure Hilfe! Es geht um das Schicksal aller Xix!"

Einen Moment lang geschah gar nichts. Dann tauchte eine Hand auf und zog den Vorhang einen Spalt auf. Xaxls interessierte Augen blickten die Freunde an. „Ein Geheimauftrag?", fragte der Kleine. „Zu Ehren von Krone und Vaterbau?"

Quox wollte schon wieder schimpfen, da hob Hanissa die Hand und flüsterte ihm etwas ins Ohr. Er sah sie fragend an, nickte dann aber.

„Ja doch", antwortete er Xaxl seufzend. „Ein wichtiger Geheimauftrag. Nur du kannst ihn erfüllen, in Ordnung? Die Königin braucht dich."

Xaxl nickte begeistert. „Weil ich ihr bester Mann bin. Natürlich. Bekomme ich Waffen, die sonst niemand hat?

Eine Rüstung aus purem Gold? Den schnellsten Folomi der Welt?"

„Du bekommst gleich eine auf die Mandibeln, wenn du nicht endlich …", erwiderte Quox ungeduldig.

Doch Tomrin fiel ihm schnell ins Wort. „Du bekommst etwas viel Besseres", sagte er an Xaxl gewandt. Allmählich verstand er, was Hanissa vorhatte.

Xaxl platzte fast vor Neugierde. „Einen Zaubertrank?", fragte er hoffnungsvoll.

„Eine Armee", raunte Tomrin in verschwörerischem Tonfall. „Eine Armee nur für dich."

Xaxls Augen wurden groß. „Und ich bin ihr Befehlshaber? Wie General Qalrx?" Er klang ehrfurchtsvoll.

„Na klar", seufzte Tomrin, sah seine Begleiter an und rollte mit den Augen. „Genau wie General Qalrx."

„Wahnsinn!", rief Xaxl begeistert. Der Spalt schloss sich. Kurz darauf klapperte etwas jenseits des Vorhangs, und als er diesmal zur Seite flog, war das Gitter offen. „Dann mal rein mit euch", tönte Xaxl zufrieden. „Kriege ich auch Reitdrachen, wie sie die Stadtgarde hat?" Dann fiel sein Blick auf Fleck und Pip, und sein Mund blieb vor Staunen offen stehen.

Das war's dann wohl mit der Geheimniskrämerei, dachte Tomrin. Unbehaglich sah er sich um. Ein regelrechter Strom aus Xix-Körpern umgab ihn von allen Seiten, und er, Hanissa, Sando und Fleck konnten nichts anderes tun, als seiner Richtung zu folgen.

Hundert junge Xix, die meisten mindestens einen Kopf kleiner als Quox, eilten gemeinsam mit den Freunden aus der Drachengasse 13 den Korridor hinab und in Richtung der Verschwörer. Die jungen Insektenwesen schienen das alles für ein grandioses Abenteuer zu halten. Wie Schüler auf einem Ausflug, bei dem der Lehrer fehlt, riefen sie durcheinander und trieben Unsinn. Sie schubsten einander fröhlich und waren durch nichts und niemanden still zu bekommen. Hanissa hatte sie bereits mehrfach gebeten, leise zu sein, aber kurze Zeit später hatten die jungen Xix ihre Ermahnungen bereits wieder vergessen.

„Das wird nichts", brummte Sando neben Tomrin. „Bei der Lautstärke hören die Verschwörer uns schon von Weitem"

„Bei der Lautstärke hört man uns noch im Zwergenviertel", erwiderte dieser. Es war zum Mäusemelken: Wem nützte eine Armee, wenn sie den Gegner nicht überraschen konnte?

Etwa hundert Schritt vor dem Versteck der Schurken blieb Quox stehen. Er, Fleck und Xaxl bildeten die Spitze ihrer Gruppe. Insbesondere der kleine Drache hatte es den Xix angetan. Ihm wären sie überallhin gefolgt.

„Alle mal zuhören!", zischte Quox. „He, seid endlich leise!"

Seine Worte zeigten kaum Wirkung. Die jungen Xix blieben zwar stehen, der Großteil von ihnen schwatzte und krakeelte aber unbeirrt weiter.

Plötzlich richtete sich Fleck zu seiner vollen Größe auf – was in seiner normalen Gestalt nicht besonders groß war –, sah die Kinder streng an und schnaubte laut.

Sofort kehrte Ruhe ein. Selbst die, die rein gar nichts auf Hanissas und Quox' Anweisungen gegeben hatten, verstummten. Entweder hatten sie großen Respekt vor Fleck, oder sie waren von ihm einfach so begeistert, dass sie nichts tun wollten, was ihn verärgern würde.

„Na, endlich", sagte Tomrin. Eines hatte ihm die Gruppe gezeigt: Er würde nie, nie, nie so ein geduldiger Lehrer wie Bruder Barthian werden. „Und jetzt passt auf, klar?"

Mit wenigen Worten beschrieb er seiner staunenden Armee, was sie sich überlegt hatten. Xaxl trat zu ihm und nickte bei jedem Satz so entschieden, als wäre der ganze Plan auf seinem eigenen Mist gewachsen. Tomrin ließ ihn gewähren – solange er und die anderen Kleinen das Ganze für ein spannendes Spiel hielten, würden sie ihren Anweisungen folgen.

Kurz darauf schlichen sie sich an den Unterschlupf der Ganoven heran. Niemand machte auch nur einen Mucks. Durch das vergitterte Fenster sah Tomrin, dass sich im Innern der beiden Räume nichts verändert hatte. Der Mensch und seine Xix-Begleiter warteten noch immer darauf, dass Qalrx ihren heimtückischen Plan zu Ende brachte und sich zum König aller Xix krönen ließ. Bis dahin würden sie in ihrem Versteck ausharren.

Doch das wurde für sie immer unangenehmer, wie Tomrin nun bemerkte. Die Xix-Soldaten mussten sichtlich um ihre Beherrschung kämpfen, und der Menschenmann wurde immer unruhiger. Die Aussicht darauf, bald in Gesellschaft wahnsinniger Insektenwesen zu sein, schien ihm gehörig Angst einzujagen.

„Zrkida ist noch nebenan“, sagte Hanissa.

Tomrin nickte. „Na, dann nichts wie los.“ Er legte Xaxl die Hand auf die Schulter.

Der Möchtegernspion reckte stolz die Brust. „In Ordnung, Armee“, raunte er dem Rest seiner Aufzuchtgruppe zu. „Dies ist der Moment, auf den wir gewartet haben. Zeigen wir den Schurken, mit wem sie sich hier anlegen! Attacke!“

Das ließen sich die übrigen Xix-Kinder kein zweites Mal sagen. Mit lautem Hurra stürmten sie auf den verhängten Eingang zum Versteck zu und dann mitten hindurch. Die Freunde folgten ihnen. Tomrin hatte sein Schwert gezückt, Sando hielt den Dolch erhoben, und Fleck strengte sich sichtlich an, ein besonders grimmiges Gesicht zu machen. Sicher hätte er sich gern gerade jetzt in den Nachtfresser verwandelt, aber dazu war seine Angst inmitten seiner Freunde nicht groß genug.

„Was in aller Welt …“ Direkt hinter dem Vorhang stand ein Xix-Soldat, den Tomrin durchs Fenster gar nicht gesehen hatte. „He da! Was … *Alarm!*“

Seine Gefährten reagierten prompt. Sie sprangen herbei, Hände und Waffen abwehrend erhoben, und versuchten, sich der Flut der Kinder entgegenzustellen. Genauso gut hätten sie Wasser in den Fleet tragen können.

„Zurück!", zeterte der Soldat. „Raus hier, aber schnell!"

Nun erkannte Tomrin ihn wieder: Es handelte sich um den rundlichen Soldaten, der ihn und Hanissa vor den Gemächern der Königinlarve bedroht hatte.

Wenn er zu den Verschwörern gehört, schoss es dem Jungen durch den Kopf, *wird sein dünner Freund nicht weit sein.*

Kaum war ihm der Gedanke durch den Kopf gegangen, als Hanissas Schrei an seine Ohren drang. Er wirbelte herum – und sah seine Freundin in der Umklammerung des schmächtigen Xix-Soldaten!

„So sieht man sich wieder", zischte dieser. Er presste sie so fest an sich, dass ihr Gesicht ganz blau wurde. „Aber diesmal entkommst du mir nicht."

Was dann geschah, vermochte Tomrin nicht zu beschreiben. Dafür ging es zu schnell. Von irgendwoher, wie aus dem Nichts, sprang auf einmal Xaxl herbei. Der kleine Xix flog durch die Luft und schlug dem dünnen Soldaten die Wurzelpuppe ins Gesicht, die zuvor noch am Eingang der Aufzuchtgruppe gehangen hatte. Hoffnungslos überrascht, hob dieser abwehrend die Arme – und Hanissa war frei.

„Schnell", keuchte sie und ergriff Tomrins Hand. „Ins Nebenzimmer."

Er nickte nur.

Kampflärm hallte von den Wänden des kleinen Raums wider, als sich hundert Kinder über die weniger als ein Dutzend hier versammelten Verschwörer hermachten.

Obwohl die Erwachsenen sie um Längen überragten, hatten die Kleinen schnell die Überhand.

„Xix töten keine Xix", murmelte Tomrin erleichtert.

Genau darauf hatten sie gebaut: Die Verschwörer waren schlicht noch nicht irrsinnig genug, um Mitglieder ihres eigenen Volkes ernsthaft zu verletzen. Obwohl sie sich nach Kräften wehrten, konnten sie doch nicht mehr tun, als zu schubsen, zu drängeln und zu schlagen. Und für jedes Kind, das sie beiseitedrängten, rückten fünf neue nach. Schon lagen der Dicke und der Schmächtige am Boden, und ganze Horden jubelnder junger Xix hielten ihre Arme und Beine fest.

Hanissa und Tomrin gelangten derweil in den abgetrennten Nebenbereich des Raumes. Zrkida lag noch in ihrer Krippe. Als die Freunde sie erreichten, blickte die Königinlarve neugierig zu ihnen auf. Obwohl sie winzig und absolut hilflos war, lag eine Intelligenz in ihren Facettenaugen, die Tomrin staunen ließ. Was hatte Grll'X'a während der Zeremonie gesagt? Dass sie den Thron räumen wolle für eine junge Königin, die den Xix mit frischen Ansichten voranging? Allmählich verstand Tomrin, was sie damit gemeint hatte.

„Ich nehme sie", raunte Hanissa. „Halte du uns den Weg frei."

Er nickte.

Schnell griff das Mädchen in die Krippe, nahm das in Decken gewickelte Königskind heraus und drückte es an ihre Brust. Dann drehte sie sich um – und erstarrte!

 166

„Keinen Schritt weiter", knurrte der Xix, der plötzlich am Durchgang zum vorderen Bereich des Verstecks erschienen war. Sein polierter Brustharnisch und sein Helm glänzten um die Wette. In der Hand hielt er einen Speer. „Legt sie zurück, oder es ergeht euch schlecht."

„Sie ist Eure Königin", protestierte Hanissa mit zitternder Stimme. „Sie muss zum Zeremonienplatz, sonst ist es um alle Xix geschehen."

„Ich weiß", erwiderte der Xix mit einem grausamen Lächeln. „Genau deshalb bleibt sie hier." Langsam trat er näher, den Speer auf Tomrin und Hanissa gerichtet.

Tomrin sah sich um. Es gab keinen Fluchtweg mehr. Den einzigen Ausgang versperrte der Soldat. Tomrin schluckte, umfasste den Griff seines Schwertes fester und trat zwischen ihn und Hanissa. Kampfbereit.

Doch alles kam ganz anders. Kaum, dass er dem Xix entgegengetreten war, strömten gut ein Dutzend Xix-Kinder laut durcheinanderrufend hinter dem Soldaten in den Raum. Noch bevor der Verschwörer wusste, wie ihm geschah, hingen sie überall an seinem Körper.

„Feldwebel Qnar'sc!", erscholl die Stimme des menschlichen Schurken. „Um der Zweigötter willen, nein!" Auch er erschien plötzlich im Durchgang. Er hielt einen Knüppel in Händen und begann, wild auf die jungen Xix einzudreschen, die seinen Feldwebel überrumpelt hatten.

Tomrin wusste, was ihn so erzürnte: Die Verschwörer standen so kurz vor dem Ziel, und nun sah er den Plan und

167

seine versprochenen Reichtümer von Kindern bedroht. Aber er vergaß etwas!

„Xix töten keine Xix", raunte Hanissa. Sie packte Tomrins Hand und zog ihn mit sich, dem Ausgang entgegen.

Und richtig: Obwohl der Mensch gekommen war, ihm zu helfen, reagierte Qnar'sc alles andere als erfreut. „Wie kannst du es wagen, Blassgesicht?", rief der Feldwebel aus, hechtete durch das Gewusel aus Xix-Kindern hindurch auf seinen Mitverschwörer zu und schlug ihm den Knüppel aus den Händen. „Das sind unseresgleichen, du elender Wurm! Was erdreistest du dich, die Hand gegen sie zu erheben?"

Erschüttert starrte der Mensch ihn an. Er verstand offenkundig nicht, was er falsch gemacht hatte. „Aber … Aber …", stammelte er.

Qnar'sc packte ihn an der Kehle. Mit einer Kraft, die die eines Menschen weit überstieg, zog er den Verständnislosen aus der Kinderflut heraus und presste ihn rücklings gegen eine Wand.

„Kommt", zischte Hanissa den Kleinen zu, von denen trotz der Knüppelschläge keiner ernsthaft verletzt war. „Lasst uns abhauen, solange die sich um sich selbst kümmern."

Tatsächlich schien Feldwebel Qnar'sc vor lauter Wut über die Freveltat seines menschlichen Partners vergessen zu haben, was um ihn herum geschah. Ungehindert und unbeachtet entwischten Tomrin und Hanissa mit der Königinlarve aus dem Hinterzimmer, die Xix-Kinder im

Schlepptau. Im vorderen Bereich des Verstecks hielten Quox und Sando mit Fleck wie verabredet die Stellung.

„Weiter, Freunde!", schrie Xaxl eifrig, der dort am Bein eines Soldaten hing, sowie er die Königinlarve in Hanissas Armen sah. „Der Sieg ist unser! Lasst uns diese Schurken beschäftigt halten, während unsere Freunde die neue Königin in Sicherheit bringen!"

„Nein!", entfuhr es dem dünnen Soldaten, der sich mitten im Gemenge befand. „Sie dürfen nicht entkommen. Feldwebel, wo seid Ihr? Kommt schnell!"

Entschlossen watete er durch die Flut von jungen Xix auf Tomrin, Hanissa, Quox und Sando zu. Zwei andere Verschwörer schlossen sich ihm an, und in dem Durchgang zum hinteren Teil des Raumes tauchte Qnar'sc auf. Blut troff von seinen Mandibeln, und sein Blick flackerte.

„Bloß weg hier", zischte Quox.

Sie rannten los.

Kapitel 12

Flucht nach vorn

„Bleibt stehen, ihr elenden Dreiwabenhochs!"

Die schneidende Stimme des Xix-Feldwebels ging Hanissa durch Mark und Bein. Qnar'sc und drei oder vier anderen Verschwörern war es gelungen, sich der Armee aus jungen Xix zu entwinden. Nun verfolgten sie das Mädchen, Tomrin, Sando, Quox, Fleck und Pip quer durch den Bau, entschlossen, die Königinlarve zurückzuerobern.

„Stehen bleiben, sage ich!"

Hanissa dachte nicht daran, der Aufforderung Folge zu leisten. Stattdessen presste sie die Königinlarve nur noch enger an die Brust und rannte, so schnell sie ihre Beine trugen. Zrkida blickte sie aus großen glitzernden Facettenaugen an. Sie schien überhaupt keine Angst zu haben.

„Schnell, hier entlang", rief Quox und deutete auf eine Abzweigung zur Rechten. Mit wirbelnden Beinen flitzte er hinein.

Tomrin und Hanissa liefen ihm nach. Sando war, von Pip umschwirrt, direkt hinter ihnen. Fleck bildete das Schlusslicht.

Als Hanissa einen Blick über die Schulter warf, um nach dem Jungdrachen zu sehen, bemerkte sie, dass seine Stummelflügel verräterisch zuckten. Jetzt war es nach all den Stunden der Aufregung wohl doch so weit: Es konnte nur noch eine Frage von Augenblicken sein, bis er sich einmal mehr in den fürchterlichen Nachtfresser verwandeln würde. Bislang hatte das Mädchen versucht, ihn davon abzuhalten. Jetzt blieb ihr keine Zeit dafür – und vielleicht wollte sie es auch gar nicht. Die Xix-Soldaten, die ihnen nachsetzten, würden es sich zweimal überlegen, bevor sie sich mit einem ausgewachsenen Drachen anlegten.

„Ist das auch bestimmt der kürzeste Weg?", fragte Tomrin atemlos, während sie den gewundenen Korridor hinuntereilten.

Sie befanden sich nun wieder inmitten der labyrinthischen Gänge des Baus, und auch Hanissa hatte keine Ahnung, wie weit sie noch vom Boden der Hauptkammer entfernt waren.

„Nein", erwiderte Quox, ohne sich umzudrehen. „Der kürzeste Weg wäre, in der Hauptkammer von einer der Brücken in die Tiefe zu springen. Aber falls du nicht irgendwelche Flügel unter deinem Wams versteckst, würde ich dir das nicht raten."

„Sehr witzig", knurrte Tomrin. „Ich will nur nicht, dass uns die Soldaten erwischen, bevor wir die Königinlarve zum Altar gebracht haben, damit sie die Königliche Aura aufnehmen kann."

„Das will ich auch nicht", sagte Quox. „Ich möchte zwar Soldat werden, wenn ich groß bin, aber ich will mein Volk beschützen und nicht andere bekämpfen."

„Kopf runter!", brüllte Sando.

Hanissa krümmte sich unwillkürlich zusammen und zog den Kopf ein. Im nächsten Moment flog ein schlecht gezielter Wurfspeer über sie hinweg und prallte klappernd von der Gangwand ab. Hinter ihnen war ein enttäuschtes Xix-Zischen zu hören.

Tomrin entfuhr ein Fluch. „Die meinen es diesmal echt ernst", stellte er fest.

„Hier rein!", rief Quox und bog scharf nach rechts ab. Hanissa und die anderen folgten ihm.

In ihrem Rücken vernahm das Mädchen ein vertrautes Geräusch. Es klang wie ein fleischiges Schmatzen und Schlurfen; gleich darauf erschütterte ein ohrenbetäubendes Drachenbrüllen den Gang.

„Fleck hat's erwischt", verkündete Sando keuchend.

Hanissa zuckte zusammen und blickte sich um. „Er wurde getroffen?", fragte sie erschrocken.

„Äh, nein. Ich meine, er hat sich verwandelt", verbesserte sich Sando.

„Offensichtlich", pflichtete ihm Hanissa bei, während ihr Blick über den schmutzig grünen Koloss glitt, der nun unmittelbar hinter ihnen durch den Gang tobte.

Fleck schien Angst zu haben – ob um sich oder seine Freunde, konnte das Mädchen nicht sagen –, aber mit jedem Moment, den er als Nachtfresser dahinpolterte, wurden seine Bewegungen selbstsicherer.

Hanissa befürchtete, dass Fleck irgendwann beginnen könnte, sich im Körper des Nachtfressers wohlzufühlen. Wer wollte nicht lieber ein großer fieser Drache sein als ein kleiner harmloser? Aber das war wirklich ein Problem, um das sie sich an einem anderen Tag würde kümmern können.

Quox gab ein ersticktes Gurgeln von sich. Als Hanissa ihr Augenmerk auf ihn richtete, sah sie, dass er stehen geblieben war und auf Fleck deutete. Seine Facettenaugen quollen ihm beinahe aus dem fassungslosen Gesicht. „Ein Monsterdrache!", entfuhr es ihm.

„Äh, ja", sagte Tomrin hastig. „Keine Angst. Das ist nur Fleck in Groß. Lange Geschichte. Ich erzähle sie dir später mal. Weiter." Er packte Quox am Arm und zog ihn mit sich.

Der junge Xix nickte stumm und noch immer sichtlich entgeistert. Dann drehte er sich um und übernahm wieder die Führung.

Kurz darauf erreichten sie einen Durchgang in der Wand, der allem Anschein nach zur gewaltigen schacht-artigen Hauptkammer des Baus führte. Hanissa und die anderen stürmten hindurch und hinaus auf eine schmale Brücke. Das Mädchen warf einen raschen Blick über die Brüstung. Noch immer befanden sie sich schwindelerregend weit oben. Sicher achtzig Schritt trennten sie vom Boden, wo sie vor wenigen Stunden gesessen und der Abdankungszeremonie der alten Königin beigewohnt hatten.

Erstaunlicherweise herrschte dort unten wieder ein ziemliches Durcheinander. Im Anschluss an die Nachricht, dass die Königinlarve entführt worden war, hatte sich die Zuschauermenge zwar rasch zerstreut, nun jedoch war wieder eine beachtliche Zahl an Xix versammelt. Unruhig liefen die Insektenwesen hin und her, und aus dieser Höhe wirkten sie klein wie aufgeregte Ameisen.

„Was passiert da gerade?", fragte Hanissa.

Sando warf ebenfalls einen Blick in die Tiefe. „Der General!", entfuhr es ihm. „Er ist schon auf der Tribüne. Sicher will er sich jeden Moment die Königliche Aura einverleiben. Verflixt, wir kommen zu spät."

Sie blieben stehen und starrten voller Verzweiflung hinunter.

„Wir müssen etwas unternehmen", knurrte Tomrin entschlossen. „Etwas Verrücktes und Trolldreistes."

„Was meinst du?", wollte Hanissa wissen.

Bevor der Junge antworten konnte, stieß Fleck ein gewaltiges Brüllen aus, das von den gewölbten Wänden der Hauptkammer zurückgeworfen und auf diese Weise noch verstärkt wurde. Hanissa verzog das Gesicht und blickte zu dem Drachen hinüber. Hinter ihm, am Anfang der Brücke, waren ihre Verfolger aufgetaucht. Aber Qnar'sc und seine vier Mitverschwörer wagten es nicht, näher zu kommen, denn Fleck hatte sich ihnen bedrohlich zugewandt und seine weiten Flügel gespreizt.

Tomrin deutet auf ihn. „Wir springen", sagte er, „und lassen uns von Fleck zu Boden tragen."

„Soll das ein Scherz sein?", japste Sando. „Fleck kann uns unmöglich alle tragen."

„Als er noch als Nachtfresser sein Unwesen trieb, hat er riesige Mengen Fleisch aus den Lagerhallen von Bondingor geklaut, wie du dich vielleicht erinnerst", entgegnete Tomrin hitzig. „Es wird klappen, da bin ich mir sicher. Wir müssen das Risiko eingehen, sonst ist alles zu spät."

So ungern Hanissa ihm beipflichtete, sie musste sich eingestehen, dass er wohl recht hatte. Irgendetwas tat sich dort unten. Die winzige Gestalt des Generals marschierte auf der Tribüne auf und ab und machte dabei ausholende Armbewegungen, als spreche er gerade zu seinem Volk. Jeder Augenblick, der verstrich, konnte der entscheidende sein. „Ich bin dabei", sagte sie.

„Ich auch", fügte Quox mit einem Nicken hinzu.

„Ach, Drachendreck", fluchte Sando. „Wird schon schiefgehen, oder?" Er nickte zu Fleck hinüber. „Und wer überredet ihn?"

„Das mache ich schon", erbot sich Hanissa und schob sich zu dem Jungdrachen hinüber, der einen Großteil der Brücke versperrte.

Unterdessen wurde zwanzig Schritt entfernt unter ihren Verfolgern heftig debattiert. Zwei der Xix-Soldaten schwangen ihre Speere. Vor allem Feldwebel Qnar'sc schien erpicht auf einen Sturmangriff zu sein.

„Schnell, bevor die uns Ärger machen", drängte Quox.

„Fleck!", rief Hanisse beschwörend. „Hör mir zu."

Der Nachtfresser drehte sich zu ihr um. Sein übler Atem schlug Hanissa ins Gesicht. Sie zwang sich, nicht zurückzuweichen, ganz gleich, wie grausig Fleck aussah. Im Herzen war er noch der kleine Drache, der nachts am Fußende ihres Bettes schlief und ihre herunterhängende Decke ankaute.

„Fleck, wir müssen nach unten – so schnell es geht." Sie deutete mit ihrer freien Hand über die Brüstung der Brücke. „Kannst du uns hinuntertragen?"

Verständnislos starrte der junge Flugdrache sie an.

„Runter!", rief Tomrin. „Hopp und weg." Er machte Anstalten, auf die Brüstung zu klettern.

Fleck stieß ein erschrockenes Brüllen aus und bewegte sich einen Schritt auf Hanissa und Tomrin zu. Quox duckte sich, um nicht von seinem Flügel von der Brücke gewischt zu werden. Doch zu verstehen schien der Jungdrache immer noch nicht.

In diesem Moment regte sich Zrkida in Hanissas Arm. Die Königinlarve drehte den winzigen Kopf und schaut zu dem riesigen Drachen auf. Ihre großen runden Facettenaugen glitzerten, und sie gab einen leisen Laut von sich. Dazu klackten zweimal ihre kleinen Mandibeln.

Fleck legte den Kopf schief und schien über das Gehörte nachzudenken. Dann sprang er unvermittelt mit seinen beiden breiten Füßen auf die Brüstung der Brücke, die unter seinem Gewicht knirschte. Er breitete die Flügel weit aus und hielt Hanissa und den anderen die langen Arme entgegen.

„Das ist mein Fleck", sagte Tomrin mit begeistertem Grinsen. Furchtlos schwang er sich auf die Brüstung und hielt sich an dem Drachen fest. Sando folgte.

Am Anfang der Brücke wurde aufgeregtes Klicken und Zirpen laut. Offenbar hatten die Verschwörer erkannt, was vor sich ging. Das ließ sie alle Furcht vergessen und endgültig zum Angriff übergehen. Mit wirbelnden Beinen stürmten sie heran. Sie hatten ihre Speere erhoben, und Feldwebel Qnar'sc führte sie an.

Fleck fuhr herum und schickte ihnen ein drohendes Fauchen entgegen. Dann schnappte er sich Hanissa.

Unvermittelt hielt Qnar'sc an, holte aus und schleuderte seinen Speer direkt auf Fleck! Die Absicht war eindeutig. Er wollte den Drachen um jeden Preis aufhalten.

„Nein!", brüllte Quox.

Bevor Hanissa oder jemand anders eingreifen konnte, warf sich der junge Xix vor Fleck und direkt in die Flugbahn des Speers. Mit einem dumpfen Knirschen schlug die eiserne Speerspitze ein Loch in Quox' braune gepanzerte Brust.

Hanissa kreischte auf, als der Xix-Junge von der Wucht des Treffers umgerissen wurde. Seine Facettenaugen waren weit aufgerissen und sein kleiner Mund wie zu einem tonlosen Schrei geöffnet. „Rettet die Königin", ächzte er schwach, bevor er zusammenbrach.

Fleck wartete nicht, bis sich die Xix-Verräter von dem Schock erholt hatten, einen der Ihren tödlich verletzt zu haben. Mit einem donnernden Brüllen ließ er sich in die Tiefe fallen. Hanissa schrie. Tomrin schrie auch. Sando war vor Schreck kreidebleich und klammerte sich an Flecks Körper, ohne auch nur einen Ton von sich zu geben. Pip blieb an ihrer Seite, ein winziger blauer fröhlich trällernder Pfeil. Für die Spürechse war das Ganze offenbar ein Riesenspaß.

Oh, Zweigötter, bitte, bitte, lasst uns nicht sterben, betete Hanissa unwillkürlich, während sie in halsbrecherischer Geschwindigkeit dem Boden entgegenrasten. Sie hielt Zrkida mit der linken Hand krampfhaft fest, mit der rechten klammerte sie sich an Fleck. Ihr rotes Haar flatterte um ihr Gesicht und ihr Rock um ihre Beine. Links und rechts von ihnen huschten die Fenster in der Schachtwand vorbei. Aus manchen von ihnen blickten verdutzt wirkende Xix. Fleck verfehlte eine tiefer gelegene Brücke nur um Haaresbreite, dann eine weitere um vielleicht zwei Haaresbreiten.

„Langsamer, Fleck!", rief Tomrin voller Entsetzen. „Du musst abbremsen, Großer! Sonst sind wir gleich so zermatscht wie Rattenbrei!"

Der Flugdrache stieß zur Antwort ein Brüllen aus, verlangsamte ihren Sturz aber nicht. Ob er überhaupt wuss-

te, worauf er sich da eingelassen hatte? Hanissa schluckte. Womöglich waren sie und ihre Freunde doch zu schwer für ihn. Bei dem Gedanken zog sich ihr Magen schmerzhaft zusammen.

Der Boden war jetzt nur noch etwa vierzig Schritt entfernt, dann dreißig, zwanzig … Zu ihren Füßen erwartete sie ein Meer aus halb wahnsinnigen Xix, die geifernd und klackend zu ihnen aufblickten.

Plötzlich schlug Fleck kräftig mit den Flügeln, und sie wurden schlagartig langsamer. Ein weiterer Flügelschlag, und er hatte vollkommen die Kontrolle zurückerlangt. Ihr bislang halsbrecherischer Fall wurde zu einem eleganten, wenn auch immer noch schnellen Dahingleiten.

Fleck legte sich in eine weite Kurve und flog rauschend an der gewölbten Wand der Hauptkammer entlang auf die Tribüne zu. Dort stand General Qalrx mit einigen zittrig wirkenden Begleitern und glotzte dem von der Decke des Baus fallenden Ungetüm ungläubig entgegen. Er schien einer der ganz wenigen zu sein, die noch halbwegs bei klarem Verstand waren, auch wenn er im Augenblick sicher an diesem zweifelte.

Mit einem letzten Flügelschlag und einem Knirschen setzte Fleck in seiner Nachtfressergestalt mitten auf der Tribüne auf. Hanissa, Tomrin und Sando wurden von dem Schwung zu Boden geworfen. Hanissa rollte zwei Schritt weit, wobei sie die Königinlarve eng an den Leib gedrückt hielt, damit diese sich nicht verletzte.

Endlich kam sie zum Halten. Sie blies sich eine Strähne

ihres roten Haars aus dem Gesicht. „Das war vielleicht ein Ritt", murmelte sie, bevor sie sich aufrappelte.

Tomrin war schon wieder auf den Beinen. Er hatte sein Schwert gezogen und reckte es Qalrx ebenso töricht wie todesmutig entgegen. „Haltet ein, General!", rief der Hauptmannssohn. Er warf den Begleitern des Generals einen schnellen Blick zu. Unter ihnen war auch Qwrll'Xikik, der Zeremonienmeister, der am Morgen den Königinnenwechsel geleitet hatte. „Lasst ihn nicht die Königliche Aura aufnehmen", warnte Tomrin. „Es ist nicht mehr nötig, um Euer Volk zu retten."

Qalrx sah aus, als wolle er sich im nächsten Moment auf den dreisten Störenfried werfen, um ihn mundtot zu machen. Doch nicht nur Sando, der ebenfalls seinen Dolch gezückt hatte, stand plötzlich neben Tomrin, sondern auch Fleck. Angriffslustig schob er die Drachenschnauze vor und ließ ein dunkles Grollen aus seiner Kehle dringen.

Tomrin drehte sich unterdessen zu den Scharen von Xix um, die sich vor der Tribüne versammelt hatten. Zuckend, geifernd und mit den Mandibeln klackend, starrten sie ihn an. In manchen Facettenaugen schimmerte verzweifelte Hoffnung, in den meisten aber glitzerte dumpfe Wut. Doch bei allem Wahnsinn, der in ihren Insektenkörpern brannte, war der Auftritt der Freunde eindrucksvoll genug gewesen, um die Xix einen Moment lang innehalten zu lassen. Diesen Moment nutzte Tomrin.

„Haltet auch Ihr ein!", wandte er sich mit lauter Stimme an die Menge. „Wir sind gekommen, um Euch zu helfen.

Seht her: Wir haben Eure entführte Herrscherin gefunden!" Er vollführte mit seiner Klinge eine auffordernde
Geste in Hanissas Richtung.

Diese straffte sich, setzte eine feierliche Miene auf und
hob dann mit beiden Händen die Königinlarve in die Luft.

Kapitel 13

... lang lebe die Königin!

Einen bangen Herzschlag lang herrschte Totenstille in der gewaltigen Hauptkammer.

Dann brach – erneut und stärker als zuvor – das Chaos los! Die Xix fauchten, zirpten und klackten mit den Mandibeln. Sie reckten die langen Arme nach vorn, und Gier lag in ihren Facettenaugen. Wie eine Welle schwappten sie der Tribüne entgegen.

„Heiliger Strohsack, was ist denn jetzt los?", rief Sando aus.

„Sie begreifen es nicht", erkannte Hanissa. Alles Blut wich aus dem Gesicht des Mädchens, und sie riss die Augen auf. „Sie sehen nur uns, drei Menschen. Ihr Wahnsinn ist schon zu weit fortgeschritten, um zu verstehen, dass wir ihre Rettung in den Händen halten."

„Oh, schlecht. Ganz schlecht", murmelte Tomrin, während er vom Rand der Tribüne zurückwich. Er hielt sein Schwert so fest umklammert, dass die Fingerknöchel seiner Hand weiß hervortraten.

Doch Sando sah, dass sein Freund wusste, wie unnütz die Waffe in diesem Augenblick war. Weder sein Dolch noch Tomrins Schwert oder Fleck als Nachtfresser würden dieses Meer an geifernden Insekten aufhalten können.

In Hanissas Armen begann Zrkida einen leisen summenden Klagelaut von sich zu geben.

„Ha!", schrie General Qalrx. „Das war wohl nichts, ihr kleinen Maden. Am Ende siege ich doch." Sein dreieckiges Gesicht verzerrte sich zu einer Maske irren Triumphs. Er warf sich herum und rannte auf die Gruppe Würdenträger zu, die sich um den Zeremonienmeister Qwrll'Xikik versammelt hatte. „Gebt mir die Königliche Aura, Zeremonienmeister!"

„Was? Äh, nein!" Der Xix mit dem dunkelbraunen Körper und der blau glänzenden Robe presste den rotbraunen Pokal, den er in den Händen hielt, eng an seinen Leib. Darin musste sich der golden glitzernde Nebel befinden, den die Xix als Königliche Aura kannten.

Tomrin hatte Sando davon erzählt. Sehen konnte man ihn im Augenblick nicht, denn der Pokal war mit einem verzierten Deckel verschlossen.

„Ich will die Aura haben", beharrte Qalrx. Entschlossen griff der General nach dem Pokal und begann, mit Qwrll'Xikik zu ringen.

„Und ich Tor hätte sie Euch auch beinahe gegeben – trotz aller Gefahren, die einem ungeschulten Geist drohen", erwiderte der Zeremonienmeister. „Ihr habt uns Frieden und Ordnung versprochen. Ihr habt von dem großen Opfer gesprochen, das Ihr für unser Volk bringen wollt. Aber nun erkenne ich, dass Ihr uns belogen habt."

„Das hat er wirklich", rief Tomrin, der sich mit dem Mut der Verzweiflung von hinten auf den General warf. „Der General war es, der die Königinlarve hat entführen lassen. Er wollte Euch in ein Volk von Soldaten verwandeln."

Er hob sein Schwert, um zuzuschlagen, doch Qalrx war schneller: Der General ließ von Qwrll'Xikik ab, wirbelte herum und verpasste Tomrin mit der verhornten Linken einen Schlag gegen den Kopf, der den Jungen zu Boden schleuderte. Im nächsten Moment versetzte er dem Zeremonienmeister mit seinem behelmten Schädel einen Hieb gegen die Stirn, der diesen benommen zurücktaumeln ließ. Qwrll'Xikiks Griff um den Pokal lockerte sich, und Qalrx riss ihn an sich.

„Endlich wird mein Traum wahr", frohlockte er, als er den Deckel von dem Pokal riss und den schimmernden Nebel darunter enthüllte.

„Nein, das dürft Ihr nicht!", rief Tomrin vom Boden aus. Blut lief ihm über die Wange, wo die verhornten Handknöchel des Generals seine Haut verletzt hatten. Doch er schien den Schmerz gar nicht zu spüren. In seinen Augen lagen Wut und Verzweiflung. „Ihr zerstört alles, was die Xix sich aufgebaut haben."

„Ich führe die Xix in ein neues Zeitalter", zischte Qalrx. „Seht sie euch doch an, ihr Maden!" Er deutete auf die fauchenden, klackenden Xix, die an der Tribüne empor-zuklettern begannen. Die wenigen Heiler und Mönche, die noch halbwegs klar im Kopf waren, vermochten sie nicht aufzuhalten. „So viel Zorn. So viel wilde Gier. Wir verschwenden unsere wahren Kräfte, indem wir uns darauf beschränken, die Wehwehchen anderer Völker zu heilen."

„Nein, Ihr irrt!", schrie Hanissa. Tränen der Wut liefen ihr übers Gesicht, während sie die weinende Königinlarve im Arm wiegte. „Die Xix sind besser geworden, als sie es zuvor waren. Jeder kann ein Barbar sein. Aber nur wenige können so heilen wie Euer Volk."

Qalrx klackte abfällig mit den Mandibeln. „Ich lasse mich nicht von euch belehren. Und erst recht nicht auf-halten." Er hob den Pokal höher, näher an seine Lippen.

Sando fluchte innerlich. Tomrin lag am Boden, und Hanissa musste sich um Zrkida kümmern. Jetzt lag es an ihm. Ohne weiter zu zögern, sprintete Sando los, um sich auf den General zu werfen und ihm irgendwie den Pokal abzunehmen.

Zu seiner Überraschung war jemand schneller als er! Wie ein winziger blauer Blitz schoss Pip an ihm vorbei und auf Qalrx zu. Der General setzte gerade dazu an, den golden glitzernden Nebel zu trinken, als sich die bellurische Spürechse auf seinem Arm niederließ und ihm mit einem Schnabelhieb, der so schnell kam, dass Sando ihn nicht mal sehen konnte, in die Hand hackte.

Qalrx zischte schmerzerfüllt. Seine Hand zuckte, und er ließ den Pokal los, während Pip sich schon wieder von ihm löste und davonschwirrte. Es war, als dehnte sich die Zeit, während Sando sich mit aller Kraft nach vorn warf, dem Pokal entgegen, der unendlich langsam zu Boden zu fallen schien.

„Neeeiiinnn", rief Sando, aber der Laut hörte sich ganz eigentümlich verzerrt und dunkel in seinen Ohren an.

Seine ausgestreckten Finger umfassten den Griff des edlen Trinkgefäßes. Mit dem nächsten Lidschlag kehrte die normale Zeit zurück, und mit einem Ächzen krachte Sando bäuchlings neben dem General zu Boden. Mit weit aufgerissenen Augen starrte er den Kelch in seinen Händen an. Die Königliche Aura waberte träge darin herum, aber wie durch ein Wunder war nichts verschüttet worden.

Eine kräftige Hand packte den Straßenjungen am Kragen und riss ihn herum. Über ihm ragte der gepanzerte Leib des Xix-Generals auf. Seine Miene war vor Wut verzerrt, als er Sando einen seiner Füße schwer auf die Brust stellte und sich dann zu ihm herunterbeugte. „Gib mir den Pokal", fauchte er, „oder ich schneide dir die Kehle durch." Seine scharfen Mandibeln näherten sich drohend Sandos Hals. „Aber vielleicht sollte ich das sowieso machen."

Ächzend versuchte Sando, sich unter dem Fuß seines Feindes hervorzuwinden. Es gelang ihm nicht. *Tut mir leid, Onkel Gump, dass ich nicht immer ein braver Neffe*

186

war, dachte er, als die Mandibeln seinen Hals berührten. *Und dass ich gestern Abend dein Lieblingsbuddelschiff in der Regentonne versenkt habe. Ich dachte wirklich, es würde schwimmen. Woher hätte ich wissen sollen, dass die Flasche unten Löcher hatte? Ich hoffe, du findest es irgendwann wieder …*

Auf einmal tauchte ein riesiger Schatten hinter Qalrx auf. Er spreizte zwei mächtige Flügel. Dann legten sich schmutzig grün geschuppte Klauen auf die bronzenen Panzerschultern des Generals. Der Xix fuhr erschrocken herum – und starrte direkt in das aufgerissene Maul von Fleck in Nachtfressergestalt!

Der Jungdrache stieß ein Brüllen aus, dass Qalrx der Speichel um die nicht vorhandenen Ohren flog. Im nächsten Augenblick hatte Fleck den Schurken am Panzerkragen gepackt und riss ihn mit Drachenkräften von den Füßen.

„Ja, zeig's ihm, Fleck!", rief Sando erleichtert und zornig zugleich.

Gleich darauf verzog er erschrocken das Gesicht, denn der Drache gehorchte erstaunlicherweise aufs Wort. Er schleuderte den Xix in die Höhe.

In hohem Bogen flog Qalrx durch die Luft, segelte mit allen sechs Gliedmaßen strampelnd über den Rand der Tribüne hinweg und landete kreischend mitten in der aufgewühlten Menge, die jenseits davon die Hauptkammer füllte.

„Hoppla", murmelte Sando leise, als er sich aufrappelte.

„Sando, schnell, komm her!" Hanissas Ruf lenkte Sando von der Überlegung ab, was die tobenden Xix in diesem Augenblick wohl mit dem uneinsichtigen General anstellen mochten.

Er drehte sich um und sah, dass das rothaarige Mädchen mit der Königinlarve mittlerweile in den hinteren Teil der Tribüne zurückgewichen war. Mehrere Xix näherten sich ihr mit ausgestreckten Armen und irren Blicken. Zeremonienmeister Qwrll'Xikik war der Einzige, der noch zwischen Hanissa und der Menge stand. Doch auch sein beschwörendes Klicken schien keine Wirkung mehr auf sie zu haben.

„Los, Tomrin, beenden wir das hier", wandte sich Sando an den Freund, der auch gerade auf die Beine kam. *Hoffentlich klappt es diesmal,* fügte er in Gedanken hinzu.

Gemeinsam stürmten die Jungen zu Hanissa und Zrkida hinüber. Pip gesellte sich zu ihnen, und auch Fleck stapfte polternd näher. Er wirkte wild entschlossen, es zur Not mit der ganzen Bevölkerung des Baus aufzunehmen, um seine Freunde zu schützen.

„So, Kleine, jetzt gibt es was Feines zu trinken", sagte Sando und hielt der Larve den Pokal mit der Königlichen Aura hin.

Neben sich vernahm er ein gequält klingendes Zirpen. Er blickte auf und gewahrte den Zeremonienmeister, der mit kläglicher Miene auf die Freunde und die Königinlarve schaute.

„Was ist?", fragte Sando.

„Das Zeremoniell", jammerte Qwrll'Xikik. „Noch nie wurde eine Königin ohne das Zeremoniell gekrönt."

„Wir sind gerade ein wenig in Eile", merkte Tomrin an. Er schlug mit der flachen Seite seiner Schwertklinge einem Xix auf die Finger, der ihnen zu nahe gekommen war. Fleck drängte unterdessen ein paar weitere mit seinem pendelnden Schwanz zurück.

„Aber wie soll eine Königin lange und gut regieren, wenn sie nicht richtig gesegnet wurde?", protestierte der Zeremonienmeister.

„Gibt es vielleicht eine Kurzform dieses Zeremoniells?", wollte Hanissa gehetzt wissen.

„Eine Kurzform? Äh … nun ja. Ich denke, das wäre machbar."

„Dann schnell", drängte Sando. „Wenn wir noch lange warten, kann selbst Königin Zrkida Euer Volk nicht mehr retten."

Rasch trat der Zeremonienmeister neben sie und legte der winzigen Xix-Larve beide Hände auf die Stirn. Er klickte einmal, zirpte zweimal und klackte abschließend mit den Mandibeln. „Fertig", verkündete er.

„Das nenne ich wirklich mal eine Kurzform", brummte Sando. Er wandte sich wieder der Königinlarve zu. „Und jetzt, Hoheit, müsst Ihr das hier trinken." Er hielt ihr die Königliche Aura an die Lippen und begann langsam, den Pokal zu kippen.

Das kleine Wesen schien genau zu wissen, was von ihm erwartet wurde. Artig öffnete es den Mund und ließ zu,

dass der golden glitzernde Nebel ihm die Kehle hinunter-
rann.

„Langsam, Sando, lass sie mal schlucken", warnte Hanissa.

„Das braucht sie nicht", beruhigte ihn Qwrll'Xikik. „Immer weiter. Du machst das sehr gut, mein Junge."

Sando kippte den Pokal weiter und weiter, bis der Mund
der Königinlarve auch das letzte bisschen Nebel aufgenommen hatte. Zrkida schloss die Facettenaugen. Es
schien, als wolle sie in Hanissas Armen einschlafen. Doch
stattdessen fing sie auf einmal an, golden zu schimmern!

Der Wärme gleich, die von einem großen Lagerfeuer
abstrahlt, breitete sich plötzlich ein Gefühl von Ruhe,
Frieden und Harmonie in der ganzen Hauptkammer aus.
Die tobenden Xix hielten überrascht inne. Sie senkten die
Arme und hoben die Köpfe. Viele blinzelten und sahen
sich um, als erwachten sie aus einem bösen Traum.

„Gebt sie mir, bitte", sagte Qwrll'Xikik und streckte die
Hände nach Zrkida aus.

Hanissa reichte ihm das Xix-Baby vorsichtig.

Der Zeremonienmeister erhob sich auf seine vier Hinterbeine und hielt die Königinlarve hoch über seinen Kopf
in die Luft. Diesmal zeigte die Geste Wirkung. Die Xix
richteten alle Blicke auf das winzige Bündel in Qwrll'Xikiks
Händen.

„Seht her!", rief er. „Zrkida die Erste wurde gefunden.
Die Königliche Aura wurde weitergegeben. Die Königin ist
tot. Lang lebe die Königin!"

Ein einzelnes Mandibelklacken setzte ein, der Applaus eines dankbaren Xix. Weitere gesellten sich rasch dazu. Und schließlich hallte die ganze Hauptkammer vom ohrenbetäubenden Beifall aller Xix wider.

Sando blickte zu Tomrin hinüber und dieser zu Hanissa. Er spürte, wie ein sehr breites Grinsen auf sein Gesicht trat. Sie hatten es geschafft. Es war verflixt knapp gewesen – aber sie hatten es geschafft.

Als der Xix-Heiler mit zufriedener Miene aus dem Behandlungsraum kam, wusste Hanissa, dass alles gut werden würde. „Er wird es schaffen", bestätigte der Insektenmann ihrer aller Hoffnung und trat zu den Freunden aus der Drachengasse.

Hanissa, Tomrin, Sando mit Pip auf der Schulter und Fleck, der sich längst wieder zurückverwandelt hatte, standen bereits seit über einer Stunde im Wartebereich vor den Hallen der Heilung. Nun fiel ihnen eine wahre Geröllhalde vom Herzen.

„Wie ist das möglich?", raunte Sando und sah den Xix staunend an. „Ich … Wir alle haben doch gesehen, wie ein Speer Quox durchbohrte. Das überlebt man nicht."

Der Heiler deutete ein Lächeln an. „Nun, mit schneller, richtiger Pflege und einer gehörigen Portion Glück mitunter schon. Zumindest, wenn man von jemand so Talentiertem wie meinem Meister behandelt wird. Quox kann froh sein, dass er sich die Verletzung im Inneren des Baus zugezogen hat. Hätte ihn der Speer woanders getroffen – etwa im Musenfeld, in der Altstadt oder an irgendeinem anderen Ort, von dem aus er erst hätte hergebracht werden müssen –, wären seine Aussichten deutlich schlechter gewesen." Der Xix hielt inne. Als er weitersprach, war seine Stimme leiser als zuvor. „Und er kann froh sein, euch als Freunde zu haben. Hättet ihr uns Xix nicht unseren inneren Halt, unsere Königin, wiedergegeben, wir …" Seine Stimme brach. Sichtlich beschämt schaute der Heiler zu Boden. Er schien unfähig, das Geschehene in Worte zu fassen.

„Ihr konntet nichts für die Aufstände", sagte Hanissa. „Niemand von Euch. Die Verschwörer haben schlicht Eure schwächste Stunde ausgenutzt, um ihre eigenen Ziele zu erreichen." *Und es wäre ihnen beinahe gelungen …*

Ihr Gegenüber nickte. „Du hast recht, mein Kind. Ein so schändliches Verbrechen hat es in der gesamten Geschichte meines Volkes noch nicht gegeben."

„Es wird sich auch nie wiederholen", erklang plötzlich eine Stimme hinter den Freunden. „Dafür werden Qwrll'Xikik und Königin Zrkida sorgen. Qwrll'Xikik hat Baron Berun bereits um Unterstützung gebeten."

Hanissa wirbelte herum.

„Vater!" Sowie er Ritter Ronan im Durchgang zum Wartebereich erblickte, rannte Tomrin los und warf sich ihm in die ausgebreiteten Arme. „Geht es dir gut?"

„Natürlich, mein Junge", antwortete der Gardehauptmann lächelnd und strich seinem Sohn übers Haar. „Niemand hat uns ein Haar gekrümmt, nicht einmal den

streitlustigen Zwergen. Wir waren nur eingesperrt und mussten unselige Befragungen und Debatten ertragen – die wohl allein dazu dienten, Zeit zu schinden, bis der Plan der Verschwörer aufgegangen wäre. Glücklicherweise hat niemand mit ein paar eigenwilligen, mutigen Kindern gerechnet, die ihnen einen Strich durch die Rechnung machen." Er zwinkerte Hanissa zu. „Hatte ich euch nicht befohlen, den Bau zu verlassen?"

„Das ist eine lange Geschichte", sagte sie.

„Und die sollten wir einander an Quox' Krankenbett erzählen", drängte Sando. „Ich will mit eigenen Augen sehen, welche Wunder die Xix an ihm vollbracht haben."

„Keine Wunder", widersprach der Xix-Heiler sanft. „Nur die Kraft unserer Heilkünste. Aber: Ja, ihr dürft Quox besuchen. Er hat sogar schon ausdrücklich nach euch verlangt."

Wenige Minuten später standen drei Freunde, ein Drache und ein Ritter um das Krankenbett des tapferen jungen Xix versammelt. Pip flatterte fröhlich darüber. Quox' Brust war derart dick verbunden, dass er sich kaum rühren konnte. Obwohl Hanissa wenig über die Biologie seines Volkes wusste, meinte sie, er sei blasser als sonst. Dennoch machte er einen fröhlichen Eindruck.

„He, Quox, wie geht es dir?", fragte Tomrin aufmunternd.

„Schon besser", gab der Xix-Junge zurück. „Das habe ich euch zu verdanken. Hättet ihr den da nicht dingfest gemacht, wäre ich wahrscheinlich tot." Mit einem Kopf-nicken deutete er in die andere Ecke des Raumes.

Hanissa und die anderen drehten sich um – und be-kamen vor Verblüffung den Mund kaum noch zu, denn ein paar Betten weiter lag, bewacht von zwei Heilern und einem Soldaten …

„General Qalrx!", stieß Tomrin hervor.

Sando kniff sich selbst in die Hand, um zu prüfen, ob er träumte. „Der lebt *auch* noch?"

Der oberste Verschwörer war nicht bei Bewusstsein. An mehreren Stellen war sein Körper bandagiert, und auch der Kopf war teilweise mit Verbandszeug um-wickelt, das die Xix mit einer speziellen Heilpaste aus gestampften Kräutern beschmiert hatten, wie Quox ihnen erzählte.

„Seine ‚Kriegeruntertanen' haben ihm eine ganz schöne Abreibung verpasst, aber er wird's überleben", sagte Quox und klickte leise. Die Gesichter seiner menschlichen Besucher schienen ihn sehr zu amüsieren. „Genau wie ich."

„Und was geschieht dann mit ihm?", fragte Sando.

„Die Xix werden sich um Qalrx und seine Mitverschwö-rer kümmern", antwortete Ritter Ronan. „Sie haben Baron Berun und mir versichert, dass sie ihnen helfen wollen, ihren Größenwahn zu überwinden."

Das klang in Hanissas Ohren nach einer fast zu geringen Strafe – aber die Xix waren nun mal ein friedliebendes Volk. *Jetzt wieder.* Sie lächelte in sich hinein.

 194

„Ich habe gehört", sagte Quox, „dass die Königin in Zukunft noch enger mit dem Palast des Barons zusammenarbeiten möchte."

„So ist es", bestätigte Ritter Ronan. „Und mit dem Steinrat der Zwerge, dem Minotaurischen Horn, dem Elfenhof und allen anderen Volksvertretungen innerhalb Bondingors."

„Keine Geheimnisse mehr", sagte Tomrin leise.

„Keine Geheimnisse mehr." Tomrins Vater nickte. „Denn wahrer Zusammenhalt entsteht allein aus Offenheit."

„Nur ein Geheimnis müssen wir dich bitten zu wahren", sagte Hanissa zu Quox. Sie nickte unauffällig in Flecks Richtung. „Seine Geschichte ist etwas kompliziert, musst du wissen. Wir erzählen sie dir gern mal, aber sie darf nicht an die Öffentlichkeit dringen, sonst gibt es sicher Ärger."

„Ich weiß gar nicht, wovon du sprichst", erwiderte Quox scheinbar verwirrt. „Ich muss mir den Kopf angeschlagen haben, als ich verletzt auf die Brücke fiel. Ich erinnere mich an kaum etwas aus den Minuten zuvor." Er zwinkerte ihr zu.

Sie grinste. „Danke."

„Was ist mit den anderen Xix?", fragte Tomrin besorgt. „Haben die nicht auch mehr gesehen, als sie sollten?"

Quox schüttelte den Kopf. „Keine Sorge: Die erwachsenen Xix haben zwar einen riesigen Drachen gesehen, glauben aber entweder, dass es ein Flugdrache der Stadtgarde war, oder sie halten das inzwischen für ein Trugbild, das ihnen ihr Wahnsinn bereitete."

„Und deine Aufzuchtgruppe?", wollte Hanissa wissen.

„Die?" Abermals lächelte der Insektenjunge. „Die haben doch von den Geschehnissen in der Hauptkammer gar nichts mitbekommen. Ein Märchen vom riesigen Drachen, der vom Himmel fiel, glauben die den Erwachsenen bestimmt nicht." Er wiegte den Kopf. „Nur Xaxl wird vielleicht misstrauisch. Aber um den kümmere ich mich schon. Ich sage ihm, Fleck sei ein Spezialagent der Königin – das wird ihn begeistern." Quox wirkte sehr zufrieden mit sich.

Hanissa atmete auf. *Manchmal haben auch wir mehr Glück als Verstand*, dachte sie und strich dem kleinen Drachen über die schuppige Schnauze.

„Und jetzt?", fragte Sando. „Die Xix haben ihre Königin wieder. Brechen wir auf? Ich müsste Osrum noch seine Spürechse zurückbringen."

„Und ich nach Feylor von Garsting sehen", erwiderte Ritter Ronan seufzend. „Ich hoffe, er hat nicht zu viel Unheil in Bondingor angerichtet, während wir hier eingesperrt waren."

Quox blickte verwirrt drein. „Was könnte er denn angestellt haben?"

„In zehn Stunden?" Sando zwinkerte ihm zu. „Einen Krieg mit den Zwergen anzetteln?"

„Die Schlösser im Palast des Barons auswechseln?", schlug Tomrin vor.

„Die Erdbeerbrause von Gumps Getränkekarte streichen?", sagte Hanissa trocken.

Ritter Ronans Augen weiteten sich in gespieltem Entsetzen. „Ich glaube, ich beeile mich besser …"

Erlebe noch mehr Abenteuer mit
Tomrin, Hanissa, Sando und Fleck
in

Der Zwergenjunge Bortha muss
eine gefährliche Mutprobe bestehen …

„Also schön", sagte Wonkar, als sie zusammen aus dem Fenster auf die dunklen Straßen der Verbotenen Hügel schauten. „Wir lassen dich jetzt an einem Seil nach unten, Bortha. Dann läufst du durch die Straßen bis dort drüben zu dem kleinen Turm. Siehst du ihn?" Er deutete auf ein dunkles Bauwerk, das über den Dächern der verlassenen Gegend aufragte. „Direkt unter dem Dach sind Fenster-öffnungen. Ich möchte, dass du diese Kerze mitnimmst, dort anzündest und uns damit zuwinkst." Er zog einen Kerzenstummel und eine Zunderbüchse aus einer Tasche an seinem Ledergürtel und hielt Bortha beides hin. „Dann kommst du zurück und wirst feierlich zu einem von uns ernannt."

Bortha presste die Lippen zusammen und nickte. „Ist gut", sagte er. Er sah ziemlich bleich aus, aber das konnte auch am fahlen Licht des beinahe vollen Mondes liegen, der durch die zerfaserte Wolkendecke am nächtlichen Himmel auf sie herabschien.

„Tumril, das Seil."

Ein hünenhafter Zwergenjunge, der Sando fast bis zur Nasenspitze reichte, trat vor und hielt eine Rolle Tau hoch, die er die ganze Zeit mitgeschleppt hatte. Wonkar nahm das Tau und befestigte das eine Ende an Borthas Gürtel. Das andere übergab er Sando. Die restlichen Zwerge – neben Tumril, Urbin und Umbrin waren dies Grimbak und sein Vetter Thimon – kamen hinzu und griffen ebenfalls nach dem Tau.

„Viel Glück, Bortha", sagte Sando.

Dann ließen die Grubenjungs den Zwerg an der Außenmauer des Hauses zur Straße hinunter.

Unten angekommen, löste Bortha das Tau von seinem Gürtel und sah sich um. Die Kerze und die Zunderbüchse hielt er fest umklammert. Nach einem Moment des Zögerns rannte er los. Kurz darauf war er im Schatten der Häuser verschwunden.

Irgendwo in der Ferne war ein klagendes Heulen zu hören. Sando schauderte unwillkürlich. Es klang irgendwie überhaupt nicht wie eine streunende Katze.

„Das war keine gute Idee, gar keine gute Idee", murmelte Grimbak. Er zupfte sich am kurzen hellbraunen Bart.

„Sei still", knurrte Wonkar. „Ihm wird schon nichts passieren." Mit zusammengekniffenen Augen starrte er auf den Turm, dessen Schindeldach im Mondlicht glänzte.

„Aber was, wenn er die Geister weckt?", fragte Thimon leise. Mit achtzehn war er der jüngste der Grubenjungs – von Sando einmal abgesehen.

Sando schnaubte übertrieben. „Jetzt hört endlich auf mit euren Geistern. Was immer in den Verbotenen Hügeln geschehen ist, Geister hatten sicher nichts damit zu tun. Geister töten keine Menschen."

Urbin und Umbrin blickten sich bedeutungsvoll an. Wonkar räusperte sich.

„Was ist?", fragte Sando gereizt.

„Es wurden auch keine *Menschen* getötet", erklärte Grimbak düster. „Sondern Zwerge."

Sando warf die Arme hoch. „Menschen, Zwerge, das ist doch egal. Hört auf mit diesen Schauergeschichten. Es ist da draußen dunkel und einsam. Aber das war's auch schon. Es gibt keine Geister!"

Natürlich stimmte das nicht. Das wusste Sando auch. Es gab Geister. Sie waren zwar selten, aber es gab sie. Er hatte schon mehr als eine Geschichte über sie in GUMPS BRANDUNG gehört. Schwer bewaffnete Gruppen von Glücksrittern erzählten von schauerlichen Grabanlagen, in denen körperlose Schrecken umgingen. Und alte Flussschiffer munkelten von bleichen Frauen im Wasser des Fleets, des riesigen Flusses, der einmal quer durch das Königreich Mintaria verlief und auch durch Bondingor seine Schleife zog. *Aber das ist alles weit weg*, dachte er. *Hier gibt es keine Geister … Bestimmt nicht …*

„Da!", schrie Urbin unvermittelt und erschreckte Sando so sehr, dass dieser heftig zusammenzuckte. „Die Kerze."

Alle Grubenjungs drängten sich vor dem Fenster und blickten auf den schwarzen Turm, der in der Ferne aufragte. Aus der kaum erkennbaren Fensterhöhle direkt unter dem Dach glomm ihnen ein kleiner Lichtschein entgegen. Das Licht glitt hin und her. Bortha winkte ihnen zu wie abgemacht.

„Er hat es geschafft." Sando fiel ein Stein vom Herzen. Hatte er es doch gewusst: Dort draußen war nichts. Es gab keinen Grund, sich Sorgen zu machen.

Das Licht im Turmfenster erlosch.

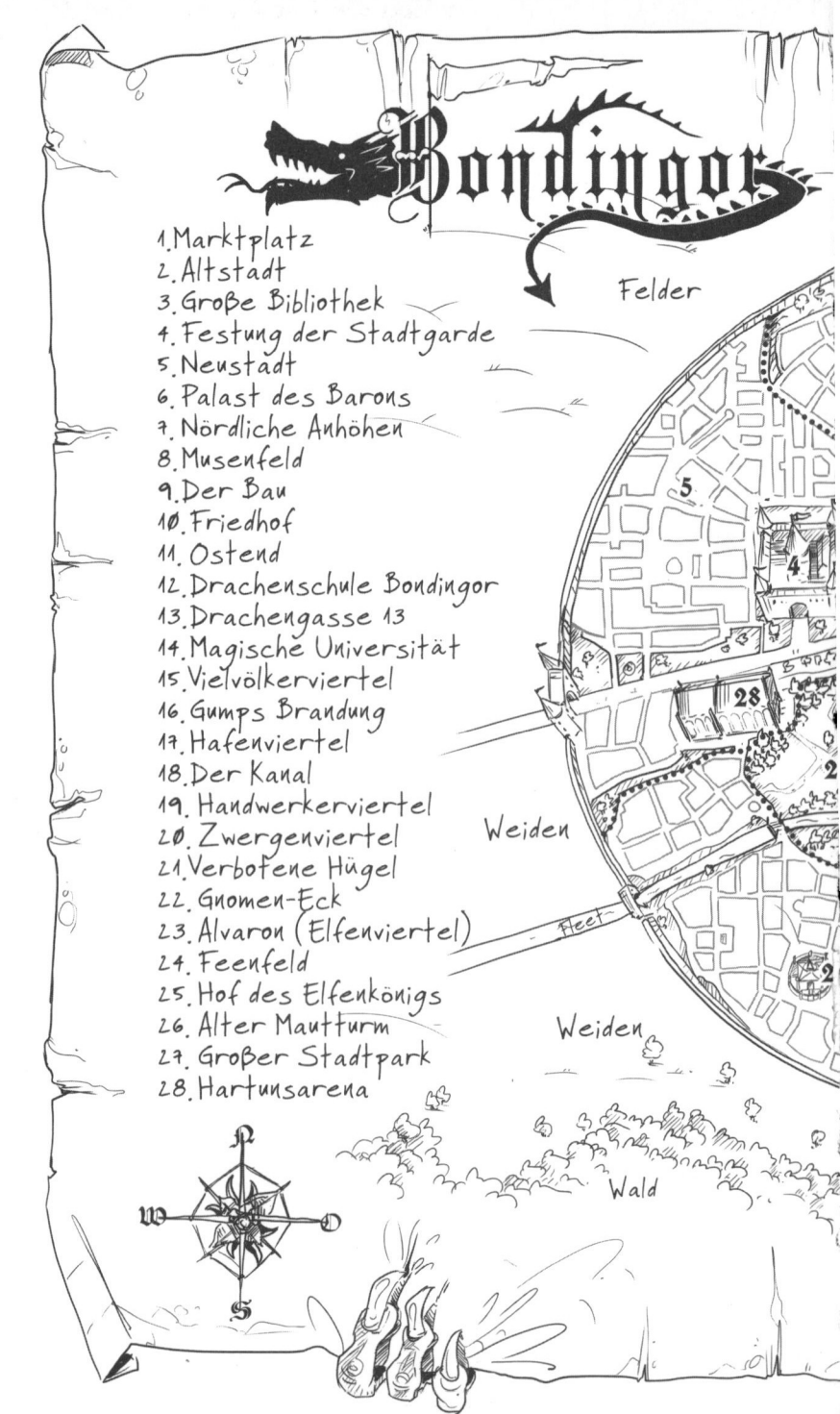

Bondingor

Felder

Weiden

Weiden

Wald

Fleet